文春文庫

それってどうなの主義

斎藤美奈子

JN282531

文藝春秋

「それってどうなの主義」宣言

「それってどうなの主義」とは、何か変だなあと思ったときに、とりあえず、「それってどうなの」とつぶやいてみる。ただそれだけの主義です。つぶやいたところで急に状況が変わるわけでも、事態が改善されるわけでもありません。それでもこの「つぶやき」には、ささやかな効用があります。

一、「それってどうなの」は違和感の表明である。
世間に流通している常識、言葉、流行、情報、報道などに違和感を感じたときには「それってどうなの」と口に出して言ってみる。その違和感は、たとえ小さくても長く心に保存・蓄積され、世の中を冷静に見る癖をつけてくれるでしょう。

一、「それってどうなの」は頭を冷やす氷嚢《ひょうのう》である。
人生の中で重要な決定を下すとき、大きな波に呑まれそうになったときには「これってどうなの」と自問する。それは頭の熱を下げ、自分を取り戻す時間を与えてくれるでしょう。

一、「それってどうなの」は暴走を止めるブレーキである。

だれかが不当な扱いを受けていると感じたとき、周囲でよからぬことが進行していると感じたときには「それってどうなの」と水を差す。相手がふと立ち止まるキッカケになるかもしれません。

一、「それってどうなの」は引き返す勇気である。

会議の席で寄り合いの場で、あれよあれよと物事が決まっていくことに抵抗を感じたら、手をあげて「それってどうなんでしょうか」と発言する。意外な賛同者が現れ、流れが変わるかもしれません。

「それってどうなの主義」とはすなわち、違和感を違和感のまま呑み込まず、外に向かって内に向かって表明する主義。言い出しにくい雰囲気に風穴を開け、小さな変革を期待する主義のことなのです。「それってどうなの」に大声は似合いません。小さな声でぼそぼそと、が効果的。ではみなさん、小さな声で唱和してみましょう。それってどうなの？

それってどうなの主義者連盟（略称「そ連」）

文庫版補遺　「それってどうなの主義」宣言について

「それってどうなの主義」宣言は、二〇〇七年一月の「それってどうなの主義者連盟」（略称「そ連」）第一回総会において採択された宣言です。

総会といっても、実態はたった三人の編集会議（しかも場所は西麻布の居酒屋）だったりしたのですが、ま、細かいことはよいでしょう。総会が開かれたのはこのとき一回だけで、「そ連」の活動はその後一切なし、「宣言」も出しっ放しというありさまでしたが、最初から「つるむ」つもりはない連盟でしたから、それも予定通りです。

それでも、会員証（白水社の社員の方が「パウチっこ」で手作りしてくれました）と連盟印（斎藤が最寄りのハンコ屋さんに発注しました）だけは作りました。軟弱な宣言にふさわしい、まことに軟弱な連盟であったと申せましょう。

「宣言」の歴史的背景について若干述べておくならば、「そ連」が結成された（そして本書の単行本が出版された）〇七年の初頭は不穏な空気が漂っている時代でした。〇五年九月の総選挙で獲得した圧倒的な議席数を背景に、〇六年九月には安倍晋三内閣が発足し、「美しい国」だの「戦後レジームからの脱却」だのと連呼する首相の下、明日にでも憲法を改定して戦争ができる国にするのだ、といわんばかりの勢いでした。北朝鮮との関係悪化も相まってナショナリズムを煽る言説は後を絶たず、海外に目を向ければ「対テロ戦争」の名の下で中東情勢やアフガン情勢は悪化の一途をたどっていました。

そんな勇ましい時代には、自由なはずの言論活動にも有形無形の圧力がかかります。すなわち世の趨勢《すうせい》に逆らうのは波風が立って面倒くさいなあ、という気分に見舞われるため、書き手や媒体の側にも自主規制がはたらくのです。「宣言」はそうした状況で出されたのだ、と申し上げれば、なぜこのような内容になったか、ご理解いただけるでしょう。

参院選での大敗を受けて〇七年九月に安倍内閣は退陣。さらに二年後の〇九年九月には政権交代が実現し、(交代後の政権がベストとはいえないにせよ)事態はだいぶ変わりました。ただ、状況はどうあれ、同調圧力に負けそうになることは、いつでもだれにでもありうること。そんなわけで「そ連」は現在でも解散しておりません。今後も解散する予定はありません。「それってどうなの主義」の集積は世の中を変える原動力になる(かもしれない)と、なおも私は信じています。

二〇一〇年六月二十日　「そ連」会員第一号　斎藤美奈子

目次

第3章　少数派の言い分

第4章　子どもと学校の周辺

第5章　女と男の文化の行方

それってどうなの主義
文春文庫
日本全国の「それってどうなの主義者」に告ぐ！
斎藤美奈子
「それってどうなの主義」宣言
一、「それってどうなの」は違和感の表明である、
一、「それってどうなの」は頭を冷やす水滴である、
一、「それってどうなの」は暴走を止めるブレーキである、
一、「それってどうなの」は引き返す勇気である、

第1章

右を向いても左を見ても

日章旗のお取り扱い

日の丸・君が代について久しぶりに考えた。きっかけは埼玉県立所沢高校の卒業式&入学式である。式典で日の丸・君が代を強制した校長と、それを拒否し、式への出席もボイコットして独自の卒業式を行った生徒と教職員の対立。

日の丸・君が代論議が盛んだったのは二十年ほど前、一九七〇年代の後半だ。ご多分にもれず、私も大学の卒業式の君が代斉唱のときには起立しなかった口ではある。

それにしても、なぜ日の丸や君が代は繰り返し問題になるのだろう。

もちろん自分も拒否したくらいで、それが侵略戦争の記憶と不可分な関係にあるからだということくらいは知っている。「君が代は千代に八千代に」は天皇崇拝の歌詞だとか、それの押しつけは思想信条の自由に反するとか、理屈はいくらでもつけられる。

しかし、これをめぐってゴタゴタが起きるのは、いつも学校の現場である。家庭にも企業にも公共機関にも強制はないのに、公立の小中高等学校にだけ押しつけるのはなぜなのか。

考えてみると、あれは手続きの問題だけなのではないか。解釈が定まっていないものを強制するから対立が起きるわけで、日の丸・君が代反対派の人たちも国旗や国歌の存在そのものまで否定しているわけではないだろう。

そこで第一の案が浮上する。

モメている間に、さっさと旗も歌も新しいやつに取り替え、しかるべき手続きを踏んで、それを「国民の総意」に基づく旗と歌として認証すればよいのである。一時期流行《はや》ったCI（コーポレートアイデンティティ）を、国をあげてやるわけだ。日本には優秀なデザイナーや音楽家が大勢いるのだから、コンペでも開いたらきっとイベント気分で盛り上がり、愛国心は回復するわ、関連商品が多数出て、景気回復には役立つわ、近隣アジア諸国への顔は立つわ、内外ともに丸く収まるにちがいない。

とも思ったのだが、ここで重大な問題にぶつかった。仮にそんなコンペをやっても、ろくな結果が出ないことは目に見えているということである。国電をE電と呼ばせようとして失敗した恥ずかしい過去を思い出せ。センスの悪いお役人連中が介在し、大多数の市民が選んだ妥協の産物みたいなものが、いいものになると思う？

だから日の丸・君が代に無条件に賛成というわけではない。ないがしかし、歴史的な経緯を棚上げすれば、あの旗と歌は世界的にみてもユニークとはいえるのだ。

なぜか私は「世界の国歌」という音楽テープを持っている。いつぞやのオリンピックの陸上競技でモロッコの選手が優勝し、国歌がなかなかカッコよかったので、もしかして国歌は民族音楽の宝庫かもしれない、と思って買ったのである。しかし、みごとに期待は外れた。アフリカやアラブ諸国の国歌はみんな西洋の「おごそか行進曲」風、中南米諸国の国歌はイタリアオペラの序曲風。おもしろいのは結局モロッコだけだった。

そこへいくと、わが君が代の個性的なこと。あんなにモッチャリと間のびした変な楽曲の国歌は世界中探しても見当たらないぞ。日の丸だって、幼稚園児にも描ける超シンプルなデザイン。親しみやすさでは世界一だろう。

そこで第二の案が浮上する。

それほどユニークな日の丸・君が代なのだから、これに固執するなら、ちゃんと法的な手続きを踏んで、歌詞の解釈も変え、国民の皆様に愛される国旗・国歌にしたらいいのだ。国民投票にでもかけたら、まず百パーセント勝てますよ。それらが晴れて正式な国旗・国歌に昇格した暁には、だれもが大きな顔をして使える。共産党の党大会には赤旗と日の丸が交互に並び、日教組の大会は君が代斉唱とともに始まり、メーデーには日の丸の旗があふれる。労働組合の人たちも、団交やストライキの際には日の丸のついた鉢巻き姿で気勢を上げる。学校でのモメごとも、もう起きない。日の丸・君が代強制派も満足するにちがいない……かな。

と思い、ついでに国旗についても調べてみてビックリした。

日本は国旗の扱いに関しては、まるでなっちゃいないのであった。

たたみ方、揚げ方、降ろし方、場所別の揚げ方、揚げていい時と降ろさなければいけないとき、半旗の場合の掲げ方、複数の国旗を並べて掲げるときの交差のさせ方や並べる順番……。国旗の扱いには偏執狂的ともいえる国際的なルールが、こと細かに設けられている。

その原則からすると、学校の運動会や商店街のイベントでおなじみの、数珠《じゅず》つなぎになった万国旗などはかなりヤバい代物といえる（複数の国旗を掲揚する場合は特に面倒なルールがあり、縦型の掲揚を禁じている国さえある。数珠つなぎなど論外だろう）。某税務署の屋上に日の丸が夜通し揚がっているのを見たことがあるが、あれも当然ルール違反だ（国旗を掲揚するのは通常、日の出から日没までである）。

そして、学校の入学式や卒業式。校長先生が登る壇上の壁に、日の丸をベタッと張りつけていませんか。あれも国旗に対する態度としては不敬千万だ。

日の丸・君が代強制派の方たちは、儀式が、伝統が、しきたりが、礼節が、などといつもおっしゃっているわりに、一皮むけばこの程度。この国の「国旗」の扱いには、もともと礼節もヘチマもないのである。だったらもう適当でいいじゃないねえ。そんなに日の丸が好きならば、いっそ壇上の壁にペンキで描いときゃいいのである。幸い、あれは簡単に描けるし。

（『世界』一九九八年六月号）

これを書いた当時、日の丸・君が代はマイナーな話題にすぎなかった。「日の丸」でネットの検索エンジンにかけても、真っ先に「日の丸自動車学校」が出てきたほど。議論が急に白熱したのは一九九九年に広島県内の高校の校長が卒業式直前に自殺してからで、同年八月には「国旗及び国歌に関する法律」が成立し、日章旗と君が代は正式な「国旗」「国歌」となった。事態が悪化したのはその後である。当時の有馬文相と野中官房長官は強制はしないと明言していたにもかかわらず、教育委員会の「通達」などによって日の丸の掲揚率は激増。二〇〇四年には東京都が君が代斉唱時に起立しなかった教職員を処分するまでにいたった。二〇〇六年九月二十一日には東京地裁がこの処分を違憲とする判決を出しているものの、安倍首相も伊吹文科相も学校の式典における国旗掲揚と国歌斉唱は当然だと述べており、学校現場のゴタゴタはこの先も続くだろう。そんなに国旗・国歌に固執するなら、世界中の国旗・国歌に対するマナーとルールを先に教えたらどうなのか。学校に強制する前に、身内である官公庁の旗の掲げ方を見て回ったほうがいいと思うぞ。

（二〇〇七年一月）

それってなんすか？

代官山のスカしたラウンジバーで飲んでいたら、こないだ一人でここに来たらすごい質問をされちゃってさ、という話を友人がしはじめた。若いスタッフが突然いいだしたのだそうだ。

「○○さん、サヨクってあるじゃないすか。あれってなんすか？」

私は鼻からビールを噴きそうになったが、質問された友人がカウンターからすべり落ちなかったのは立派である。別のスタッフも途中から話に割り込む。

「あとウヨクってあるでしょ。ウヨクとサヨクはどうちがうんすかね」

彼らの名誉のためにいっておけば、客の少ない中途半端な時間であり、べつに彼らは仕事をサボって常連客と遊んでいたわけではない。それと、もちろん彼らはバカではない。

「それで、なんて答えたの？」

「えーっと、フランスの議会に二つの派閥があってね、議長から見て右側の席には保守派が座り、左側に急進派が座って……とか。律儀だからオレ」

くわしく聞くと、若い彼らがウヨクやサヨクに突然興味を持ったのは、ノンフィクションを読むのが流行し、佐々淳行の『連合赤軍「あさま山荘」事件』を「なんかすごい」という理由で回し読みしていたためらしい。右と左の違いもわからず連赤事件関連の本がよく読めたなと感心することしきりだが、私が漠然と思ったのは、この種のコミュニケーションを怠ってきたツケが目に見える形で回ってきたんだな、ということである。

今国会で成立した法案の数々をみていると、二十年前から潜伏していた伏兵というか幽霊がいまごろワラワラ出てきたようで、フッとめまいを覚えるほどだ。

ときは七〇年代の後半。元号法案、靖国法案、日の丸・君が代法案、有事立法。そのあたりをにらんで当時学生だった私もやりましたよ、学習会のマネゴトみたいなことを。微弱ながらもそのころは「サヨク」がキャンパスの中にも辛うじて残っていたし、『朝日ジャーナル』もそんな特集をしょっちゅう組んでいたから、いやでも関心を持たずにはいられなかった。同世代の中には「ウヨクとサヨクはどうちがうの？」な人たちも大勢いたはずだけれども、七〇年代にはまだ「聞くのは恥」という文化が生きていたので、だれも質問しなかっただけである。

もし質問したら、どんな答えが返ってきたのだろう。

「ウヨクは筋力、サヨクは知力」

案外とそんな感じだったかもしれない。思えばおバカな時代であった。

冷戦体制の崩壊以後、「ウヨク／サヨク」という言葉はリアリティを失った。「保守／革新」「体制／反体制」も同様である。しかし、「ウヨクは筋力、サヨクは知力」という、頭でっかちのバカ学生が（それを洗脳した知識人らも）信じていた二分法が崩れてみると、着なれたコートを奪われたみたいで、寒風が身にしみるというか、はなはだ心もとないのである。

各法の成立と前後して発表された反対陣営による論文のあれこれを、この機に読んでみてガックリきた。なにかこう、二十年前と同じなのだ、用語というか論法が。国家主義的傾向、皇国ナショナリズムの復活、国民管理のシステム、戦争国家への準備……そういう単語で何かを喚起されるサヨク体質の人はいいけどさあ、という感じである。私だって聞きたいよ。

「それってなんすか？」

どっちにしてもいまいち気分が盛り上がらない。とかいっているうちに、みるみる改憲まで行きそうな気もするが、当面、新しい戦術を開発できていない私は厭戦気分。

ただ、なぜこうなったかを考えてみると、冷戦構造の終焉《しゅうえん》もさることながら、「暗いのはダメ」「難しいのはペケ」という発想が支配的になったころ（八〇年代の中頃くらい？）が分岐点だったような気もする。なにせナショナリズムは元気がよくてわかりやすい。

「ウヨクは明るく、サヨクは暗い」

「ウヨクは平易、サヨクは難解」

これでは負けないほうがおかしい。サヨク的言説はとっくに命脈が尽きたのである。かすかな希望は「……ってなんすか」と知らないことを恥と思わず聞ける世代が育っていることだろう。それをとらえて「なんたる無知！」と呆れたり笑ったりしてきた大人は、人を説得できる言葉も知恵も持たなかった自分に呆れ、猛省すべきではあるまいか。

（『世界』緊急増刊「ストップ！自自公暴走」一九九九年十一月号）

「戦争ができる国」への道は、二〇〇一年九月十一日の米国同時多発テロから強まったように見えるけれども、じつは九〇年代の末から着々と準備は進められていたのだった。一九九九年の第百四十五回通常国会では、自自公（自民党・自由党・公明党）の三党連立による小渕内閣が、巨大与党の数を背景に、新ガイドラインに基づく周辺事態法、改正自衛隊法、国旗・国歌法、組織犯罪対策三法（盗聴法など）、改正住民基本台帳法（国民総背番号制への道）などを次々に可決成立させた。思えばこのへんが最初の「曲がり角」だったのかもしれない。

（二〇〇七年一月）

感動させたい症候群

流行語大賞の発表はまだ先だが、有力候補のひとつは「感動した！」であろう。
「痛みに耐えてよく頑張った。感動した！」
優勝力士を前に、そう絶叫した小泉首相。それを見て（聞いて）また感動する国民。
首相の感動癖については、渡部直己氏が七月六日付で「批評空間」ウェブに、
〈首相・小泉純一郎の「感動」癖を警戒せよ〉
との一文を載せているし、宮崎哲弥氏は首相の感動癖を、
〈小泉氏の文は、それが意図的であるかどうかは別として、かなり巧みに読み手を「感動の同調」へと引き込もうとしています〉（『文藝春秋』二〇〇一年八月号）
という言い方で的確に分析している。
〈感動することは、大事だ。自分にもパワーがみなぎってくる。常に感動できる心を持って、皆さんに感動をあたえられるようなそんな政治をしていきたい〉
右のような文面をメールマガジン（二〇〇一年六月二十一日付）で臆面もなくばらまいた首相は、自分が感動するだけでは飽きたらず、人を感動させたいと強烈に願ってい

るらしい。

　こうした「感動の押し売り」はしかし、小泉首相の専売特許というわけでもなく、昨日今日、突然はじまった現象でもない。ファッションと同じで人の心の動きにも流行がある。ここ十年というものは、そもそもが「感動の時代」だったのだ。

「感動」は九〇年代のキーワードなんだ。私がそう認識したのは一九九七年の春、ある社会人向けの創作学校を取材にいったときだった。講座の初回、自己紹介の席で「人を感動させたい」と語る若者が一人や二人ではなかったのである。

「だれかを感動させられたら最高だなーとか思ってェ」

「やっぱ僕も、人を感動させるものを書きたいっていうかァ」

　感動させたいってあんた、まだ一行も書いてないのに、図々しくない？

　最後列の席で呆れる私を後目《しりめ》に、みんなウンウンうなずいている。

　気がつけば、このころはすでに感動ばやりだったのであって、流行に目ざとい女性誌などでは「感動した本」「感動できる映画」などの特集がよく組まれていた。

　九〇年代の感動したい（感動させたい）症候群は、八〇年代の揺り戻しではないか。そう私は考えることがある。感動を強要する九〇年代を仮に「情の時代」とするならば、何もかも「おもしろがる」ことが求められた八〇年代は、いわば「知の時代」だった。

　漫才ブームにはじまる「ひょうきん」の台頭。ナンセンスな広告コピーに代表される言葉遊び。まじめさは「ネクラ」と呼ばれて排斥の対象となり、実態はともかく、ニューアカ、軽チャー、ポストモダンといった知の遊戯化が新しい「知の意匠」としてもてはやされた。「感動した」という台詞など、当時は（笑）の記号つきでしか通用しなかっただろう。景気がよかったぶん、財布にも気持ちにも（笑）のゆとりがあったのかもしれない。

そして九〇年代。バブルの崩壊で（笑）の余裕を失い、「おもしろがる」ことにも疲れた人々が求めたのは、まず癒やし、次に感動である。

癒やしが心の平穏なら、感動は心の刺激である。よって「癒やし」と「感動」はワンセットだ。相田みつをが人気を博し、『鉄道員《ぽっぽや》』から『五体不満足』まで情動をゆさぶる本がベストセラーになり、スポーツ中継は絶叫調、お笑い芸人はネタのかわりに過酷な旅やマラソンに挑戦し、貧乏脱出からお見合いツアーまで素人さんも感動のダシに動員される。（笑）ならぬ（泣）を提供しようとメディアはもう汗だくだ。

とはいえ情の時代にも、そろそろ終わりが見えてきた。

流行現象は、一般に次のような過程をたどって盛り上がり、消滅するといわれる。

①イノベーター（新規導入者）による流行の発生
②オピニオンリーダー（初期採用者）による流行の波及
③保守的な一般大衆（後期追随者）による流行への同一化

流行にもっとも疎遠な中高年男性層が「プロジェクトX」に涙しているところへもってきて、同じく流行にもっとも疎い永田町の住人、それも総理大臣が「感動した！」と叫んで喝采《かっさい》を浴びているのである。この流行も③をすぎ、すでに末期症状、あるいは流行の終結宣言に近い。

「知」「情」の次には何が来るのか。

バカバカしい仮説をひとつ立ててみたい。

人間の心の動きには俗に知・情・意の三つがあるといわれる。だとしたら、知→情→意→知→情→意と、ほぼ十年周期で流行は繰り返すのではないか。

この半世紀あまりをふりかえっても――。

総力戦、敗戦、占領、復興期を含む四〇年代は意志の時代。

テレビ放送や週刊誌創刊ブームが起こった五〇年代は大衆化した知の時代。

高度成長にバラ色の夢を見、東京五輪に素直に感動できた六〇年代は情の時代。

日本列島改造論に沸き、石油ショックではじまった七〇年代は意志の時代。

……だったような気がしてくる。

その順番でいくと「知の時代」「情の時代」を経由して、現在はもう「意志の時代」に突入していることになる。警戒すべきは「感動した！」より、同じ首相が連呼する「痛みに耐えて」の部分かもしれないのだ。「欲しがりません勝つまでは」の思想でしょう、これ。

（『朝日新聞』夕刊二〇〇一年十一月二十一日）

小泉前首相の「感動癖」について述べたこの記事は、半ば強引なこじつけであり、自分でも半信半疑な気分で書いたのだが、小泉自民党政治の五年半をふりかえってみると、まんざら当たっていなかったこともないように思われる。同時多発テロ事件（二〇〇一年九月十一日）に端を発する、米軍のアフガニスタンとイラクへの侵攻。それに呼応して強行された自衛隊の海外派兵。小泉訪朝（二〇〇二年九月十七日）からにわかにクローズアップされた北朝鮮拉致問題。あるいは首相の靖国参拝に起因する日中関係、日韓関係の悪化。こうした対外関係によって二〇〇〇年代前半の日本に広がったのは排外主義的なナショナリズムであり、また内側に広がる経済格差と福祉の切り捨ては弱者に我慢を強いる結果になった。外には戦争、内には生活難。まさに「欲しがりません勝つまでは」である。靖国参拝から郵政総選挙まで、他人の意見に耳を貸さない小泉もふりかえれば意外と「意志の人」であり、ポスト小泉であるところの安倍晋三は、世論を無視して教育基本法の改正をゴリ押しするなど、もはや「意志しかない人」だ。

（二〇〇七年一月）

拉致と連行

九月十七日の小泉訪朝以来、新聞も雑誌もテレビのニュースも「拉致」だらけ。拉致事件、拉致問題、拉致被害者、拉致家族、拉致帰国者、拉致議連（すごい略し方）。日本人拉致被害者十三名のうち八名が死亡という、北朝鮮政府がもたらした第一報はたしかにショックではあった。しかし、それはそれである。メディアがあまりにラチラチラチラチ連呼するので、だんだん気になりはじめたのである。

じゃあ五十数年前に日本が植民地でやった行為は何だったの？「拉致」と「強制連行」はどこがちがうの？

こういうことをいうと、「それとこれをいっしょにするな（怒）」とかいう声が必ずあがるのだけれども、べつだん私は「相殺《そうさい》しろ」とはいっていない。「拉致」と「強制連行」はどうちがうのか、純粋な言葉の意味、日本語の問題として気になりだしたのだ。

辞書で「拉致」を引くと、まことに素っ気ない言葉が並ぶ。

むりに連れて行くこと。（『広辞苑 第五版』岩波書店）

無理やりに連れて行くこと。（『大辞林 第二版』三省堂）
むりやりに連れていくこと。（『大辞泉』小学館）
無理に連れて行くこと。（『日本語大辞典 第二版』講談社）

素っ気ないが、意味はまさしく「強制（的に）連（れて）行（く）」である。とはいえ、まだ釈然としない私。二つの言葉をめぐっては何人もの友人と雑談をしたのだったが、彼ら彼女らの意見はさまざまだった。

「拉致は突発的で無計画な感じ、強制連行は組織的で計画的な感じがするな」

「拉致は小規模、強制連行は大規模な印象があるよねえ」

「拉致はこっそり隠れてやる、強制連行は白昼堂々やるんじゃないの？」

みんな勝手なことをいう。なかには、

「強制連行は連行ってくらいで歩かせるけど、拉致は人を袋に詰めて運ぶんだよ」

というオソロシイ説を持ち出すヤツまでいた（ほんとかよ）。ま、当たらずといえども遠からず、遠からずといえども当たらずというべきか。

もちろん一般に「強制連行」といえば、日中戦争・太平洋戦争中に、日本が国策として台湾・朝鮮・中国の人びとを強制的に動員した歴史的事実を指す。

「強制連行」をたとえば『世界大百科事典』（平凡社）で引けば、強制連行された人々が炭坑労働者や従軍慰安婦として強制的に働かされたことも、一説によればその数は百万人の単位に及ぶことも記されている。

したがって「拉致」は一般名詞だが「強制連行」は歴史用語である。

とまあ、おそらくそれが正解なのだろう。

しかし、ここはあえて、「拉致＝強制連行」と短絡させてみたい。すると、もっかの拉致報道および北朝鮮報道が一風ちがって見えてくるのだ。

たとえば『文藝春秋』二〇〇二年十一月号。「非道なる独裁者」と題された「総力特集」には、敵意にみちたこんな見出しが並んでいる。

金王朝五十四年の罪業――狂気の独裁を放置した責任はコリアン全体にある

親朝派知識人、無反省妄言録――「拉致問題は捏造」とまで言ったシンパたちの罪

金正日にまた騙されるのか――人民六百万人を餓死させんとした独裁者の策謀

日本国民、怒っています。いや怒って当然でしょう。

しかし、怒りにみちたこのトーンは、アジアの近隣諸国が日本を批判するときの語調にそっくりだ。北朝鮮のふるまいは、六十年前のどこかの国を連想させるところもある。もしかして、かの国は六十年前のどこかの国を「お手本」にしているんじゃないだろう

か。

世襲制によるカリスマ的な独裁者。徹底した情報管理と思想統制。果てしない軍備拡張路線と排外主義。そして食糧不足にエネルギー不足。何もかもがそっくりだ。

だったら拉致くらい、やるかもな。すでに六十年前のお手本だってあるわけだし。って、これ以上いうと非国民扱いされそうだからやめるけど、長く加害者の立場だった国が一転、被害者になった途端、今度はかさにかかって感情的な非難をはじめるのだから、いずこも同じ秋の夕暮れ、というべきか。

いや、まじめな話、これは得がたい機会といえるだろう。なぜってそれは「被害者感情」を自ら体験するいままでになかった展開だからである。日本軍に蹂躙《じゅうりん》されたアジア諸国の民の気持ちもこうだったのかもしれないと、この機に少しくらい想像してもバチは当たらないと思いますけど。

（『言語』二〇〇三年一月号）

こういうことを書くと「日本に強制連行はなかった」と激高して反論を寄せてくる人が必ずいるのだ。なので「強制連行はなかった」派の言い分をあらかじめ紹介しておくと、「強制連行」という語をはじめて使用したのは朴慶植『朝鮮人強制連行の記録』（未來社、一九六五）であり、「強制連行」は被植民地人の被害者性を過度に強調するきわめて政治的な語だという。戦時下の用語ではそれは「徴用」「徴兵」「戦時動員」であって、当時は台湾人や朝鮮人も「日本国民」なのであるから、徴用されるのは当たり前。それを「強制連行」と呼ぶなら、本土の日本人の動員も「強制連行」になるはずだが、「徴用」は戦時下の国家に認められた正当な手段であって、事件性の強い「拉致」とは自ずと意味が異なる。とまあ、そういうことである。しかし、たとえそうであったとしても、自らの意思に反し、国家権力の手で「無理に連れていかれた人たち」はかの国にもこの国にもいたという事実は変わらないだろう。

（二〇〇七年一月）

空爆と空襲

各国で盛り上がっている反戦運動にもめげず、三月にもイラクに攻撃を仕掛けようかという勢いのブッシュ政権である。

最近のアメリカは「番長国家」（という言葉を私は使いたくなるのだが）の色彩がますます濃くなっていて、生徒会（国連安保理）の趨勢《すうせい》は無視するわ、クラスメート（独・仏・中・ロ）の制止にも耳を貸さないわ、なかなか困ったものである。日本はまあパシリ国家だから、また何もいえずに終わるのだろうか。それも困ったものである。

という話は単なる前ふり。今回のテーマは「空爆と空襲」である。

空爆。この言葉をさんざん聞かされたのは一九九一年の湾岸戦争のときだった。当時「イラク空爆」はひとつながりの単語のようでさえあった。そして、昨年の「アフガン空爆」。ＣＮＮニュース（の日本語訳）あたりでよく耳にした。

しかし、かすかに起こるこの違和感。「空爆」は「空襲」とどこがどうちがうのだろう。

言葉は映像体験と深く結びついている。そのとき私が思ったのは、「空爆」という言葉から連想する映像はまさに湾岸戦争時にCNNが流したような「攻撃する側から見た図」だということだった。空から地上を狙っている図、である。

一方、「空襲」から思い浮かぶ映像は、やはり太平洋戦争時のそれだろう。東京大空襲の記録映画（劇映画でもいい）で見たような、B29が飛来する図、焼夷弾《しょういだん》がバラバラと投下される図、火の中を人々が逃げまどう図、つまり「攻撃される側からの図」だ。

だいたい「空爆」と「空襲」では、ピッタリくる主語がちがってくる。

空爆だと「米軍がイラクへの空爆を開始しました」。

空襲だと「バグダッドが米軍の空襲を受けました」。

「空襲」という日本人の忌まわしい記憶と結びついている、なじみのある語がイラクにも、あるいはアフガンにも適用されていたら、ニュースを見る目もわれわれが心情を託す対象も、少しはちがったのではあるまいか。あくまでも勘である。したがって、

「ニュースキャスターは、イラク空襲っていえばいいのにさ」

なぞと私が熱く主張したところで、だれもマトモに取り合ってはくれなかった。

「空襲じゃ、第二次世界大戦みたいじゃないの」

「だからこそ、空襲を使えばいいっていってるわけですよ」

「そういう問題？」

ところが、まさに米軍のアフガニスタン攻撃のさなか、たまたま読んでいた軍事雑誌

『丸』で、私の勘を裏付ける（？）理論的根拠を見つけたのだった。

まず、今、アフガニスタンにおいて行なわれている航空攻撃に、マスコミのすべては、『空爆（くうばく）』という語を使っている。英語の『Air raid』の訳である。

だが、日本語には『航空襲撃』、略して『空襲』という立派な訳語がある。

戦前・戦中派の読者には、「東部軍管区『空襲』警報発令」というおぞましいラジオ放送をどれだけ聞かされたことか、いまだご記憶であろう。

（吉田昭彦「マスコミの〝おかしな軍事用語〟」／『丸』二〇〇二年三月号）

おお、わが意を得たりじゃ！　と思ったが本当にそうなのか。もし吉田さんのいう通りなら、日本のマスメディアは訳し方を間違っているのだろうか。

研究社の英和辞典を引いてみると、なるほど「air raid」は「空襲」で、「air strike」が「空爆」である。ところが、同じ研究社の和英辞典で「空襲」を引いてみると、「air raid」と「air strike」の両方が出てくる上に、「空爆」はといえば、こちらも「air raid」なのである。なんだなんだ。結局、どっちなんですか？

まごまごしていたら、『言語』編集部のSさんが「小社（大修館書店）の『ジーニアス英和大辞典』ではこのようになっています」と教えてくれた。

〈air raid（被攻撃側から見た）空襲〉。但し書きとして〈攻撃側からは air strike〉。

おお、これこそわが意を得たりである。ただ、もしもそうなら、アメリカのメディアでも「空爆」を「air raid」と表現しているのだろうか。「air strike」のほうが多いように見えるけど。

軍事用語は難しい。国語辞典で「空襲」「空爆」を引いても、差異はイマイチ正確にはわからない。しかし、どっちでもいいのなら、やはり「イラク空襲」というべきだろう。理由は先に述べた通りである。

（『言語』二〇〇三年四月号）

ぷちナショとぷち反戦

私の仕事場がある渋谷は、若者たちの流行現象を間近に見学できる場所である。

去年（二〇〇二年）の六月、この街を占領したのは顔に日の丸をペイントし、ジャパンブルーのユニフォームに身を包んだ「ニッポン、チャチャチャ」な人々だった。日韓共催のワールドカップのサポーターたちである。日本チームが対ロシア戦に勝った夜の騒ぎなど尋常ではなかった。

「ああ、今日は日露戦争に勝った日なのね」

「だから、提灯《ちょうちん》行列のノリでお祭り騒ぎをしているのだな」

と思ったことでありました。

そして今年の春。三月、四月と休日ごとに目についたのは「NO WAR」などと大書きされた手作りのプラカードを手にした人々だった。宮下公園や代々木公園に集まって、イラク攻撃反対のデモに参加する若者たち。あ、でも、デモっていわないんですってね、いま。ピースウォーク、ピースラリー、ピースパレードなどと呼ぶそうだ。

W杯のお祭り騒ぎに象徴される「ニッポン大好き」な若者たちの性向を「ぷちナショ

ナリズム症候群」と名づけたのは香山リカである。それならピースウォークな若者たちは「ぷちインターナショナリズム症候群」か、それとも「ぷち反戦」か。

なんてヒョーロン家みたいなことをいっていることからもわかるように、私はこの種の行動に屈託を抱えた人間である。理由はたぶん三つくらいある。

第一に群れるのがあんまり好きではないってのがある。こればかりはどうしようもない。

第二に「ぷち」な気分が苦手ときている。「むずかしい理屈はどうでもいいじゃん」などと大きな顔していわれると、どっと白けてやる気をなくす。

第三に（これがおそらく一番大きいのだが）、抗議行動と聞くと、おぞましい過去がにわかによみがえるのである。そうなのだ。私にも澄んだ瞳のナイーヴな若者だった時代があって、ああもう絶対認めたくないけど、デモにもときに参加した。

「×××の△△△に反対するぞー！」

ああ、あの左翼チックなダサい雰囲気。思い出すだけでゾッとする。そして、それが何に反対する、どこが主催のどんなデモだったかは、まったく覚えていないのである。

そんなチャランポランな私に次のようなお言葉は耳が痛い。

私は今の若者にも老人にも、それだけでは何も期待しないが、市民の「常識」を持ち、痛みをわかち、怒りや感動を共有し、一緒に行動する人は信用する。デモの隣を歩く人の名前も仕事も知らないが、次もその次も会ったとき、私はその人を信用する。

（小田実／『週刊朝日』二〇〇三年四月四日号）

はい、ごめんなさい、という感じである。正論すぎて反論できない。だけど、私はそのべ平連的感受性のアレルギーなのよ。花粉症と同じなの。悪いけど、放っといて。

しかし、である。その逆のいいようにも微妙に腹が立つのだ。

ある週刊誌など、インタビューやテレビやＨＰで「反戦」を語った稲垣吾郎、氷川きよし、藤原紀香、宇多田ヒカル、窪塚洋介ら「にわか反戦芸能人」の無知とお調子者ぶりをイヤミたっぷりにあげつらった上、御意見番にこんな批判をさせていた。

「反戦」叫ぶんもかまへんけど、そういう認識（引用者註・歴史認識のこと）もなしにただ「平和、平和」いうても、それはガキの喚きで終わってまうわな。モノ言うんやったら、しっかり勉強してから言わんかい、っちゅー話やね。

（井筒和幸／『週刊文春』二〇〇三年四月十日号）

なんちゅー説教じみたいい方だ。それをしかも人の口からいわせる週刊誌のずるさ。

「しっかり勉強してから言わんかい」なんて、あんたの発言のほうがよっぽど陳腐ちゅー話じゃわい。大人っていやですねえ。「かまへん」のなら放っとけよ。

そういえば、前にもこれに似た「ぷちな大衆運動」が一時的に盛り上がったことがあったよなあと考えていて思い出した。一九八二年の「反核運動」である。

「おかげまいり」や「ええじゃないか」じゃないけれど、日本人はときどき集団的な熱狂に浸りたくなるのかもしれない。六〇年安保闘争しかり。ベトナム反戦運動しかり。学園闘争しかり。八〇年代の反核運動しかり。そして、いまW杯とイラク反戦。

え、W杯とイラク反戦では意味がちがう？　いや、同じでしょう。私は集団的な熱狂を否定しない。でも、過大な期待もしていない。ブッシュが「イラク制圧」を宣言した後は、案の定、あの熱気もどこへやらへと過ぎ去ってしまった。

（『言語』二〇〇三年六月号）

保守と革新

ちょうど十年前、一九九三年は、八党連立の細川護熙内閣が誕生した年なのだった。あれはなんだったんでしょうね。革新勢力が自殺した年だったんですかね。

自民党一党支配の「五五年体制」から脱皮して二大政党政治をめざす、みたいなことが当時はいわれていたけれど、東西冷戦構造を背景に二つの思想が拮抗《きっこう》していた五五年体制のほうが、まだしも二大政党政治に近かった、ような気さえする。

若い人らと話していると「右翼／左翼」はなぜか生き残っているものの、「保守／革新」という語はほとんど使われなくなっている。

もっとも、この国の「保守」と「革新」はもともとちょっと変なところがあった。

辞書を引いてみると、「保守」は〈旧来の風習・伝統を重んじ、それを保存しようとすること〉で、「革新」は〈旧来の組織・制度・慣習・方法などをかえて新しくすること〉（『広辞苑 第五版』）である。大修館の『明鏡国語辞典』だと、「保守」にはさらに〈急激な改革を避けようとすること。また、その立場〉という一文が、「革新」には〈特に政治では、現状の体制・組織を新しく変えようとする立場をいう〉のただし書きがついている。

一般論としてはまったくその通りで、反論も補足もない。

しかし、戦後日本の「保守」と「革新」を思い起こすと、じつは逆だったりもした。とりわけ国の大方針についてはそうだった。改憲をはじめ、新しいことをやりたがるのが「保守」。護憲を掲げ、旧来のやり方を守りたがるのが「革新」。むろん筋金入りの革新（というか左翼）はいずれは社会主義革命をとマジメに夢想していたのだろうけれど、革新政党支持者の多くはそんな誇大妄想な発想までは持っていなかったように思う。

こんなことを思ったのは、有事三法案に続き、イラク支援法があれよあれよという間に両院を通過するのを見たからだ。国民の過半数が反対しているという世論調査もどこ吹く風。

加えて「国益」という言葉の跋扈《ばっこ》である。

リストラの恐怖におびえるサラリーマンやフリーター君までが、

「日本の国益を考えればだな、日米同盟を堅持しないとだな……」

とかしゃべってるんだもんね。なぜにあなたが「国益」の心配をする。あなたは景気の安全弁にされている自らの不安定な立場に怒って暴動を起こすべきなんじゃないの？

こんな「ねじれ」現象が起こっているのも、対立軸が見えなくなっている証拠だろう。

おりしも『中央公論』二〇〇三年七月号が「あなたにとって『国益』とは何か」とい

う特集を組んでいて、なかにはマトモと思える意見も載っている。
〈「国益」とは何か。それは、最大多数の国民の安寧と安全を保障することに尽きる〉（姜尚中）
〈私は、国益とは国民全体の利益と理解している〉（菅直人）
それはその通りにしても、これでは肝心な点がわからない。国家の利益が個人の利益と合致するとは限らない、そこが問題なんじゃないんですか？

そもそも五五年体制下の革新政党支持層は野党に何を求めていたのか。乱暴ないいかたをすると、それは「民益」だったのではないかと思う。こんな言葉は辞書には載っていないが、「国益」の対になる語として提出しておきたい。五五年体制下においては、「国益」と「民益」がしばしば食い違うことを、かなりの人が体感として知っていたのだ。で、まだしも「民益」を考えそうな側を、ひとまず「革新」と呼んでいたのである。

対立軸の消失は永田町の話だけでもない。総評が消えて労働者の権利という発想も消え、日教組の力が事実上消えて教育基本法の改正案が浮上する。

総評や日教組がよかったとは私も思わないけど、「なんでも反対」の万年野党にも存在意義はあった。「保守」は「革新」の歯止めがないと突っ走る。冷戦終結後のグローバリズムとかいって、実際はアメリカ一国が暴走している世界情勢と同じである。「右翼／左翼」は現役だといったけれども、それもじつは「ウヨ／サヨ」という茶化しに転じている。みんな自分は「中立」だと思いたいんでしょーね。そういえば「保守／革新」と同様に聞かなくなったのは「体制派／反体制派」である。言葉が消えると意識も消える。小泉純一郎や石原慎太郎が大きな顔でのさばっていられるはずだよ。

（『言語』二〇〇三年九月号）

「保守」と「革新」の逆転がなぜ起きているかというと、日本国憲法というきわめてラジカルな憲法を、戦後の日本が早い時期に持って（持たされて）しまったからだろう。一九五〇年代には早くも「保守」勢力が改憲を掲げてしまったため、「革新」勢力が護憲に回らざるを得なくなったという事情もある。以来、憲法が示した線を守るために「革新」勢力は守りに入り、この線を崩そうと「保守」勢力は改革を訴える。戦後六十年とはその攻防戦だったといってもよく、「革新」はその間じりじり後退を強いられてきたのだともいえる。「保守」のいう改革を「革新」がしばしば「戦前回帰」「復古主義」と呼ぶのもそのためで、しかしそう考えると、戦後の日本は「進歩」と逆の方向をめざして走ってきたのだろうか。

（二〇〇七年一月）

派遣と派兵

直接顔を合わせて仕事をする機会が少ないせいか、執筆者と校正者の間柄は、ちょっとこう、犬猿の仲みたいなところがある。凡ミスも勘違いも多い私は校正者には感謝しているし尊敬もしているが、それでもごくごくたまには「ムッ」とすることがある。

「女中」という語にチェックが入ったときにはムッとした。

「んもう、わざとやってるんだよ、アホッ！　ここを『メイドさん』や『お手伝いさん』に直したらなんにもおもしろくないじゃないよ」

「裏日本」にチェックが入ったとき（これがまたしょっちゅう入るのだ）にもムッとした。

「わざとやってるんだってば、わざと。ここを『日本海側』と直したら表と裏の対比が出ないじゃないのさっ。アホッ！」

特に新聞社系のメディアは用語ひとつでもかなりうるさく、署名原稿でも単語のいちいちにチェックが入る（たとえばA新聞社では「処女航海」「処女作」はペケである）。

もちろん私は温厚な社会人であるから、実際には「アホッ」と口に出したりはせず、

「確信的に書いたところですのでママで」

なんてメモをつけて校正紙を戻すだけだし、どっちでもいい場合は先方の提案を受け入れることも多い。だけど舞台裏ではひとりでブツクサいっていたりするわけだ。

先日もそれに似たことがあった。某誌の原稿に何気なく「自衛隊のイラク派兵」と書いたら、校正者（経由の編集者）に指摘されたのである。

「この『派兵』は『派遣』のまちがいですよね」

チッと思いながらも、それほど確信的に書いた箇所でもなかったので、

「ああ、そうですね。そっちのほうがニュートラルな表現ですね」

と応じたものの、「まちがいですよね」であっさり片づけられるのはやや心外。後から考えると、「馬から落馬する」みたいで変、という意味だったのかもしれないが。

メディアにはいま「派遣」と「派兵」が同居している。

政党別に見ると、同じ野党でも民主党は「派遣」で統一だが、共産党と社民党は「派兵」である。ただし、両党のトーンは微妙に異なる（以下傍点引用者）。

石破茂防衛庁長官が十八日に決定したイラクへの自衛隊派兵に関する「実施要項」の「概要」は、憲法のみならず、政府みずからがつくったイラク特措法にも反する〝戦場〟での占領軍支援そのものであることを浮き彫りにしています。

(「戦場で占領軍支援/イラク派兵実施要項決定」/『しんぶん赤旗』二〇〇三年十二月十九日)

本日、政府はイラクに自衛隊を派遣するための基本計画を閣議決定した。戦争状態にあるイラクへの派兵は、自衛隊の事実上の参戦を意味し、武器・弾薬の輸送などで米英軍と一体化して集団的自衛権を行使する危険性が著しく高い。

(「イラクへの自衛隊派遣基本計画の閣議決定について」福島瑞穂党首の談話/二〇〇三年十二月十九日)

共産党は自分たちの見解も政府与党の動きも一貫して「派兵」で通す。社民党は政府与党の動きは「派遣」、自分たちの主張を述べる場合は「派兵」と使いわけているようだ。

雑誌に目を転じると、たとえば『世界』は一貫して「派兵」である。特集タイトルからして、〈誰のために「戦場」へ?——イラク派兵を問う〉(二〇〇三年十二月号)。『週刊金曜日』も「派兵」である。『噂の真相』も「派兵」だから、つまるところ多少なりとも左寄りのメディアは「派兵」なのか……と思うとそう単純でもなく、『論座』はずっと「派遣」だし、『月刊現代』がときに「派兵」をまじえてくる。

「派遣」か「派兵」か。もちろんここには高度に政治的な判断が働いているわけで、自衛隊を軍隊と考えるかどうか、現下のイラクを戦場と考えるかどうか、突きつめていけば、さまざまな問題を考え直す必要が出てくる。しかし、当面、末端ライターのレベルでは、凡ミス扱いの「まちがいですよね」のあたりで適当に処理されているのだろう。しかし、「女中」「裏日本」「処女作」がダメっていうのと「派兵」はまちがいっていうのとでは、やはりニュアンスが異なる気がするのだ。

「それは、敗戦を終戦と、占領軍を進駐軍といいかえるようなものですかね」

「侵略を進出といいかえるのもありましたね」

戦争の匂いをできるだけ薄めるためのデオドラント効果。あれはガセネタだったという説もあるにせよ、かつて教科書問題で「侵略と進出」が浮上したときは、なにはともあれ世論が盛り上がったじゃん。「派遣と派兵」はどうなんですか、世論のみなさん。

（『言語』二〇〇四年三月号）

右にあげた雑誌のうち『噂の真相』は二〇〇四年四月号、『論座』は二〇〇八年十月号、『月刊現代』は二〇〇九年一月号をもって休刊した。

（二〇一〇年五月）

自業自得と自己責任

イラク邦人人質事件で浮上した「自己責任論」とは何だったのだろう。事件がおこった四月八日から三人が解放された十五日、そしてその後を含めたわずか二週間ほどの間に、世論がどのように揺れたかを思い出してみたい。

1　同情期（日本中が人質と家族を心配した）

2　非難期（彼らへの誹謗中傷の嵐が起こった）

3　擁護期（彼らの言動を擁護する声が盛り返した）

この間、私は早朝のワイドショーから深夜のニュースまでテレビにかじりついていたので、世論が1から2へと推移した気分も、じつはよくわかるのだ。

1の時期、日本人は一億三千万総オジオバと化していた。親戚の子を心配するような気持ちで事件を見守っていたのである。親戚の子だから「この時期にイラクに行くなんてバカか」と思ったし、「親の顔が見たい」とも思ったが、当の親きょうだいはメディアに登場して自衛隊の撤退を訴えている。オジオバとしてはイヤミのひとつもいってやりたい。

「あなたの教育が悪かったんじゃないのぉ？」

そこに首尾よく出てきたのが「自己責任論」だったのだ。

ことに影響が大きかったのは、外務省の竹内事務次官による四月十二日の発言だろう。

「邦人保護に限界があるのは当然だ。自己責任の原則を自覚してほしい」

与党政治家からも同様の発言があいつぎ、『読売新聞』は得々と述べたてた。

三人は事件に巻き込まれたのではなく、自ら危険な地域に飛び込み、今回の事件を招いたのである。／自己責任の自覚を欠いた、無謀かつ無責任な行動が、政府や関係機関などに、大きな無用の負担をかけている。

（『読売新聞』二〇〇四年四月十三日付社説）

このへんで、親戚ごっこをやっている場合ではないと、さすがの私も気がついた。

彼らのいう「自己責任」とは「自業自得」とほぼ同義である。そういうことを、親戚のオジオバならともかく、一国の官僚や政治家が口にするか？　こんなときこそ彼らは父性を発揮して、国民のオジオバ根性を叩きつぶすべきではなかったのか。

「批判はいろいろありましょうが、政府には国民を保護する義務がある。責任はわれわれが負うから、ここは少し黙ってお任せいただきたい」

それがなによ。「無用の負担をかけている」だ？　政府は国の帳簿係かい。
これについては、後から拘束・解放された安田純平さんの意見がもっとも的を射ているよう。

いま盛んに言われている、「自己責任」論は、実は「政府に迷惑をかけてはいかん」論にすぎない気がします。

（『週刊朝日』二〇〇四年五月七・十四日合併号）

ま、要するにだ。このたびは官僚も政府高官も、それをチェックすべき大新聞までが、村のオジオバと同じレベルで「自業自得だ」「お上《かみ》に迷惑をかけるな」といい放ったわけである。日本は近代国家だと思っていたが、封建領主をいただく村落共同体だったみたいね。

しかし、世論が2から3へと揺り戻した経緯にも私は一抹の違和感がある。
人質の三人は利己的であるというのが2期の非難の理由だったとしたら、いいや彼らの行為は利他的だったというのが3期に出てきた論調だ。これには「彼らを誇りに思うべきだ」というパウエル米国務長官の談話や、ル・モンド紙の記事が影響したように思われる。
どっちも被害者の「質」を問題にしている点では同じ穴のムジナ。拘束された人の政治的理念など、国民を保護する国の仕事には関係ないはずなのである。はからずも今度の事件で政府の基本方針が再確認できたというべきだろう。「自己責任の原則」とはレーガノミックス、サッチャリズムに代表される新自由主義＝ネオリベラリズムのキー概念だ。小泉構造改革もその路線である。「大きな政府」から「小さな政府」へという風に説明される新自由主義だが、その精神は「お上に迷惑をかけない小さな政府」であり、それで個人が不利益を被っても「自業自得＝自己責任」ってことなのよね。

もしも日本でスペインの列車爆破テロ級の事件がおこったらどうなるのだろう。やっぱり自業自得＝自己責任だろうな。アラブの反米グループは、現に日本をテロの標的に名指ししているのだ。さっさと国外に退避しなかったあんたの責任、といわれても仕方がない。そもそもこんな政府を選んだこと自体、自業自得＝自己責任なんだから、死んでも文句はいえないでしょ。

（『言語』二〇〇四年七月号）

札（フダ）と札（サツ）

五月二十二日の小泉再訪朝以来、気になっている言葉がある。「カード」である。

〈「総理再訪朝」というこれ以上ない「最強カード」を使い〉
（『週刊文春』二〇〇四年六月三日号）

〈小泉首相は金総書記に、手持ちのカードを惜しむことなく提供した〉
（『ＡＥＲＡ』二〇〇四年五月三十一日号）

〈経済制裁法は、拉致事件で北を対話の場に引き出すための圧力カードでもある〉
（『産経新聞』二〇〇四年五月二十三日付社説）

〈事実上、「圧力」のカードを放棄したのも問題だ〉
（『読売新聞』二〇〇四年五月二十三日付社説）

外交交渉の総括記事って感じじゃないですね。まるで首相のカジノ観戦記。小泉はトランプだか花札だかの試合で北朝鮮に行ったかのよう。なおかつおおかたのメディアの判定では、彼は手持ちのカードを使い果たし、試合に負けてすごすご帰ってきたということのようである。

もちろん比喩であるのはわかります。わかりますけど、この比喩は有効に機能しているのだろうか。子どものときのトランプ遊びくらいしかカードゲームの経験がない私には、小泉と金正日がテーブルをはさんでポーカーゲームに興じるマンガみたいな姿が頭に浮かぶばかりで、ギャラリーが何にそれほど憤っているかもよくわからない。

それでもない知恵をしぼって情報を整理してみると、日本の手の中にはどうも「譲歩カード」と「圧力カード」の二種類のカードがあるらしい。

北朝鮮に赴いた小泉は「二十五万トンの食糧支援」「一千万ドル相当の医薬品支援」「平壌宣言を順守すれば経済制裁（改正外為法と特定船舶入港禁止法）は発動しない」という、三枚もの譲歩カードを気前よく切った（ただし最後の点は「経済制裁という圧力カードを切らなかった」と解釈するメディアもあり、それがイメージをよけい混乱させるもとになっている）。

一方、金正日がその見返りに出したのは「拉致家族五人の帰国」というたった一枚のカードだけ。「安否不明者十人の再調査をする」ともいったが、それは譲歩とさえいえず、「十人の安否情報」等の拉致カードはすべて温存したままで、核カードも放棄していない。これでは完全な負け試合、外交交渉は失敗だと、まあこういうことらしい。

しかし、どうなのか。カード論者がいうように経済制裁はそんなに使える札なのか。

第一に、単独の経済制裁などにさしたる効果はないという説がある。統計的に見ると、対北朝鮮の貿易実績は一位の中国と二位の韓国で全体の七割を占めており、三位の日本は一割強にすぎない。いまのところ中韓両国が制裁に同調する可能性は薄く、日本が単独で制裁に踏みきったところで、北朝鮮政府が政策の変更を迫られるほどのダメージにはならない（石丸次郎「外交のリアリズムが北朝鮮の変化を促す」／『論座』二〇〇四年七月号）。

第二に、経済制裁は逆効果だという説もある。制裁によってダメージを被るのはいつも庶民層である。しかも彼らは、生き残るための物資を確保すべく、かえって体制への依存度を強め、独裁をむしろ下から支える働きをする。制裁は餓死者や脱北者を増大させ、体制の強化につながりこそすれ、これを崩壊させる方向にはいかないだろうという（進藤榮一「自主外交が拓く東アジア共同体への道」／同前）。

ちょっと考えれば想像はつく気がするんですけどね。北朝鮮にいわれるまでもなく、経済制裁って宣戦布告でしょう。ＡＢＣＤ包囲網という圧力のおかげで、勝てもしない戦争になだれこんでいった六十年前のどこかの国を思い出したらどうか。もっともこの国はいまや健忘症にかかっていて、昔の自国を思い出すゆとりはないからな。

カード、カードというけれど、軍事カードを持たない日本の持ち札は、譲歩にしろ圧力にしろ、すべて経済カードである。札は札でもフダじゃなくサツ。北朝鮮が拉致を認めたのも、非核化を目指すと表明したのも、国交正常化後の経済支援、つまりは札（サツ）が目当てである。

だったら恩着せがましく札ビラをちらつかせて交渉するっていうのではだめなんですかね。交渉をわざわざ決裂させて、テポドンが飛んでくるほうがイヤなんですけど。経済制裁では効かないとわかったときに、やはり日本も「軍事カード」が必要だという声が上がるのはもっとイヤなんですけど。

（『言語』二〇〇四年八月号）

二〇〇六年の北朝鮮の暴走によって、「日本もやはり軍事カードを」という声が実際にも上がりはじめた。七月五日、北朝鮮がテポドン2を含む七発のミサイルを発射したときには、当時の麻生外相、安倍官房長官、額賀防衛庁長官の三人が「先制攻撃容認論」「敵基地攻撃論」と取られかねない発言をし、十月九日、北朝鮮が「地下核実験に成功した」と発表した後には、自民党の中川（昭一）政調会長と麻生外相（またもや）が「核兵器保有の議論の必要性」を説きはじめた。北朝鮮に非があるのはいわずもがなだが、彼らを暴走させたのも外交の失敗の結果、という側面はないのだろうか。

（二〇〇七年一月）

プロ市民とゲバ学生

この欄で以前デモについて書いたことがある（三七ページ参照）。反イラク戦争行動についての雑感で、いまどきのピースパレードはイヤだが、昔の左翼チックなデモはもっとイヤ、とかなんとか、われながら煮え切らない態度でぼやいている。

私の煮え切らなさに比べると、硬派で鳴らす作家はさすがに肝がすわっている。『世界』で辺見庸氏が、ピースパレードへの批判、というより激しい嫌悪感を表明している。

こんなデモ（主催者は、デモの語感は不穏だとでもいうのか、ことさらに「パレード」と称していた）に加わったこと自体、軽率にすぎた気さえしてくる。なぜそんなに平穏、従順、健全、秩序、陽気、慈しみ、無抵抗を衒《てら》わなくてはならないのだ。犬が仰向いて柔らかな腹を見せて、絶対に抗いません、どうぞご自由にしてください、と表明しているようではないか。

（「抵抗はなぜ壮大なる反動につりあわないのか――閾下のファシズムを撃て」／『世界』二〇〇四年三月号）

要するに辺見氏は〈たった三千人〉の〈平穏、従順、健全〉なこの「パレード」の何もかもが気に入らなかったのだ。行列が赤信号で止まるのも気に入らない。列に「NO WAR」の腹巻きをした犬が参加しているのも気に入らない。その犬が途中で糞をしたのも、それで周囲になごやかな笑いが広がったのも気に入らない。

そして彼は思い出すのである。全国で〈四十万人以上〉が参加して〈怒りの波動〉に路面が揺れた〈一九六八年十月二十一日の「国際反戦デー」〉の興奮を。

これを読んだときには、つい噴き出した。いいじゃん、犬のウンチくらい。〈せめても深い怒りの表現があればいい。それがない〉なんて大げさに苦虫を嚙みつぶすなよ、犬のウンチで（それとも彼はウンチを踏んだのだろうか）。

この論文を賞賛する人が意外に多いことにも私は驚いたのだけれども、しかし、ほどなく反論があらわれた。ピースパレードなどを主催する市民団体「WORLD PEACE NOW」の高田健氏が『技術と人間』に寄稿した論文である。

八〇年代以降の大衆運動が停滞した原因として、高田氏があげるのは百人を超える死者を出した内ゲバの後遺症である。現下の反戦運動はそれへの反省から生まれたスタイルであり、これを非難する年配者こそ、過去の「悲劇的な歴史」を総括する責任があるはずだと彼は書く。

「日本の運動の停滞」を論ずるとき若者たちの「優しさ」を年配者がなじるのは見苦しいかぎりだ。その過不足は論ずる余地があるにしても「優しさ」を否定したり、嘲笑する反戦運動、市民運動、民衆運動は自己矛盾であることについて説明が必要だろうか。辺見のような皮肉屋にはわからないかもしれないが、私は戦争への怒りと人への優しさは比例すると考えている。徹底した優しさを持つものが徹底した反戦主義者なのだ。

（高田健「反戦の闘いに内在するか、外部から嘲笑するか」／『技術と人間』二〇〇四年三月号）

辺見氏と高田氏、この対立には看過できない論点が含まれていると思った。

「2ちゃんねる」などのネット掲示板で最近よく見る言葉に「プロ市民」てのがある。「職業的市民運動家」を指す蔑称らしい。ネットで検索してみたら、

「教条主義的な思想を持ち、妥協を許さない言論活動、抗議行動を展開する」

「特定のテーマに沿って地味に活動するよりは、幅広く何にでも口を出す」

「市民や国民の代表のような言い方をする（しかし現実にはあまり支持されていない）」

といった定義がひっかかってきた。

もっとも、こんなことをいっている方々が「市民」の意味をわかっているのかどうかは、ややあやしい（あるサイトには「プロ市民の市民は、もともとは○○市の市民という意味で……」みたいな定義が書かれていた。もちろんこれはまちがいで、この場合の「市民」は共同体の一員としての意識をもった政治的な主体のことだ）。

いずれにしても、ここには「プロ市民」という名称を与えることで「ああいう人たち」は侮蔑し、罵倒し、差別してもいいのだというコンセンサスを得、「われわれ」の健全性を担保しようとする意識がはたらいている。ある人々をひとつにくくって「われわれ」と区別する。これに似た言葉を過去に探せば、たとえば六〇年代の「ゲバルト学生」だろう。

優しい「プロ市民」。暴力的な「ゲバ学生」。

二〇〇〇年代と一九六〇年代の街頭活動の方法論をめぐる対立も、デモに参加する気などまるでない外の人々からみれば、結局「ああいう人たち」でくくられてしまうのだ。辺見‐高田論争に話を戻せば、やはり高田氏に利があるように思われる。内ゲバによって退潮していった市民運動を再び活性化させるために、試行錯誤の中から苦労して見つけた方法論のひとつが市民に開かれたピースパレードだったのだとすれば、行動のスタイルが自分好みではないからといって、それを「外部から嘲笑する」権利はだれにもないのだ。

辺見氏の怒りはわからぬでもないものの、その怒りのエネルギーは新たな「内ゲバ」の火種となるだけだろう。「ゲバルト」への郷愁を語ったってしょうがない。

（『言語』二〇〇四年九月号）

ピースパレードなどWPNの活動に関しては、これ以外にも支持と批判の論文が複数提出されている。辺見論文を批判し、新しい反戦平和運動の可能性を探った千葉眞「イラク戦争1年、注視したい新しいデモ」（『朝日新聞』夕刊二〇〇四年三月十八日）、辺見氏とは異なる視点でピースパレードの現状での限界と問題点を指摘した吉川勇一「デモとパレードとピースウォーク——イラク反戦運動と今後の問題点」（『論座』二〇〇四年三月号）などである。この問題の奥は深いけれども、対立点のひとつは「世代間の断絶」だろう。旧世代と新世代の真ん中（よりちょっと旧世代寄り？）の私は、上にも下にも違和感と共感の両方があるわけで（でも辺見さんには共感しない）、それが「煮え切らなさ」の原因なんだけど。

（二〇〇七年一月）

「プロ市民」という言葉もめっきり聞かなくなりましたね。最近、この言葉をネット上で目にしたのは二〇〇八年末から二〇一〇年の年始にかけて開設された「年越し派遣村」を指し

てだった。「派遣村に集うのはプロ市民ばかり」みたいな揶揄の仕方だが、思えば年越し派遣村もデモと違う新しい運動のスタイルだったといえるだろう。

（二〇一〇年五月）

戦前と戦後

「戦後」という語を私たちは何気なく使っているが、「戦後」も六十年近くになるいま、この歴史的区分はいつまで有効なのだろうかとふと思ったりする。

「戦後」がかくも長持ちしたのは、朝鮮戦争やベトナム戦争への間接的な関与があったとはいえ、一九四五年以降、少なくとも日本が直接的に参加した「戦」がなかったからだ。

しかし、「戦前」の人々も「わたしは戦前の人間だ」とはまさか思っていなかったはずで、じゃあ何と思っていたかといえば、このへん勘だけでいうのだが、やっぱり、「わたしは戦後の人間だ」と思っていたのではなかろうか。この場合の「戦」とは日露戦争である。

日露戦争が政治的にも文化面でも、いろんな意味で近代日本のターニングポイントだったとはよくいわれるところである。歴史の専門家でもなんでもなく、女性史（というか女性誌）をほんのちょっぴりかじった経験しかない私でも、資料をひっくりかえしていると、このへんで何かが大きく変わったのだな、という印象を強く持つ。

まず女学校が変わった。直接的には一八九九（明治三十二）年の高等女学校令に端を発しているのだが、日露戦争後、女子の進学熱はそれまでとは比較にならないほど上がり、袴姿《はかますがた》で頭にリボンをなびかせる「ハイカラ女学生」が衆目の的となる。

女子の職業観も変わった。というより女子の職業観などそれまではないに等しかったわけで、しかし日露戦争後になると「女も職業を持つべきだ」といった論が出現し、女医・看護婦・電話交換手などの職業案内が雑誌に登場するようになる。

そしてなにより、以上のような情報を伝える婦人雑誌が変わった。啓蒙的な婦女改良雑誌からグラビアまで掲載した華やかな雑誌へ。創刊雑誌も非常に多く、明治期に創刊された百五十誌ほどのうち、多くの創刊は日露戦争前後の時期に集中している。

もちろん以上のような動きは、いわゆる「良妻賢母思想」の普及に基づく変化だが、しかしまたなぜこの時期、すなわち一九一〇年前後に「女性の（疑似）社会進出」的な現象が集中しているのか、いまいちピンと来ないところがあった。

が、要するにそれは「戦後」だったのだ、と思うとすんなり合点がいくのである。青鞜社《せいとうしゃ》に集っていた「新しい女」、平塚らいてう、尾竹紅吉《おたけべにょし》、後に高村光太郎の妻になった長沼智恵子など、「アプレゲール（戦後派）」以外の何者でもない。

もっともこの時期の（疑似）社会進出はまだ萌芽にすぎず、女性の社会参加がさらに華々しい形であらわれるのは関東大震災後、大正モダニズム期である。一九三〇年代のメディアを飾る若い娘たちの「モダンガール」ぶりは、戦後第一世代とも明らかに雰囲気が異なる。「ブルジョア趣味」に走る若い娘たちを上の世代が苦々しく眺める構図が随所でみられる。肩肘張ってた第一世代に比べると、彼女たちは、そう、「現代っ子」なのだ。

この世代の屈託のなさが何に由来するのかも、私にはいまいちピンと来なかった。しかし、日露戦争を起点に考えると合点がゆく。「新しい女」たちがアプレゲールなら、モダンガール世代とはつまり、「戦争を知らない子どもたち」なのだ。

婦人雑誌百年の歴史を俯瞰《ふかん》すると、雑誌（とその読者である女たち）が戦争に直面した時期は三度あったことがわかる。日露戦争、第一次大戦、そして十五年戦争である（わずかな差ながら日清戦争時は女性誌文化が開花する直前に当たっている）。

うち第一次大戦は、参戦期間が短く日本のダメージも少なかったためか、完全に「対岸の火事」扱い。観察者の立場で、欧米列強の女性の活躍ぶりを伝える記事がほとんどである。一方、太平洋戦争時の婦人雑誌が熱心に銃後の守りをいいつのり、結果的に翼賛体制に組み込まれていったことは、よく知られている。では日露戦争は？

銃後の守りに関する限り、日露戦争は太平洋戦争の予行演習みたいなところがあった。大日本国防婦人会に先立つ愛国婦人会の活動。「欲しがりません勝つまでは」に先んじる「臥薪嘗胆《がしんしょうたん》」の精神。軍事援護活動から衣食住の工夫まで、すべてのルーツはここにある。

お手本があるのだから、太平洋戦争時の「銃後」はそりゃあ守りやすかっただろう。一見自由な精神をもつモダンガールがなぜあっさり軍国婦人に変身したのか、私には長い間、謎だった。けれども日露戦争の「戦中世代」と「戦後世代」が手に手を携えて銃後の守りに邁進《まいしん》したのだと思うと、腑に落ちるのだ。

単純計算すると、日露戦争時にすでに大人だった人たちは、一九三七（昭和十二）年の日中開戦時には五十代以上、子ども時代にそれを経験した人たちは三十代~四十代である。「栄光の戦勝体験」を持つ上の世代は「前と同じやり方でなんとかなる」と思ったただろう。そして、三十歳より下の「戦争を知らない子どもたち」は「いよいよわたしたちの出番だわ」と思って張り切ったのではなかろうか。成功は失敗の母、なのだ。

戦争の罪悪なることは、今度戦争を挑んで来た露西亜《ろしあ》皇帝ですら認めてゐるのでありまして（略）孰《いず》れの国民でも苟《いやしく》も文明を解する者ならば、戦争の罪悪なることは既《すで》に承知して居ることと信じます。ですから家庭に於ては戦争の罪悪なること、而して我邦が今日戦を為すに至つたのは、已むを得ずして戦ふのである、文明の為に戦ふのである、正義の為に戦ふのである、戦争の為に戦争をするのではないといふ点は考へて置かなければなりません。

（『女学世界』一九〇四年四月五日号）

これは日露開戦に際して鳩山春子が綴った有名な文章「戦時に於ける家庭の覚悟」の中の一節である（ちなみに『女学世界』は当時一番人気のあった婦人雑誌）。戦争はよくないが、正義のためにやむを得ず戦うのだ、という奥歯にものが挟まったような調子で、苦しい胸の内を語っている。

私にはこれがけっこう新鮮だった。日中開戦時の婦人雑誌の論文はもっとみんな好戦的で、こういった逡巡《しゅんじゅん》がほとんど見られないのである。女性が国民国家の一員として認められたはじめての機会が日露戦争だったとしたら、すでに国民国家の一員である昭和のモダンガール世代に、この種の手続きはもう必要なかったのだろうか。

「戦争を知らない子供たち」という歌がヒットしたのは敗戦後二十六年目の一九七一年である。一方、日露戦争後二十六年目の一九三一（昭和六）年は満州事変（柳条湖事件）の年。一世代交代したところで、次の戦争が起こった計算になる。

「戦争を知らない子どもたちの子どもたち」が大人になった二十一世紀のいま、戦勝ならぬ敗戦の記憶は少なくともその二倍、二世代分はもったことになろう。しかし、その効力もそろそろあやしい。敗戦の記憶に頼った反戦平和論はもう限界に近い。

国際貢献の名の下、いまにも「戦中」に突入しかねぬ勢いの今日、参考になるのは原爆やB29による空襲という「被害者体験」の記憶と一体になった太平洋戦争ではなく、むしろ「海外派兵」だけですんだそれ以前の戦争かもしれない。鳩山春子くらいのことを書きそうな人、いまだっていくらでもいそうじゃないですか。

（小森陽一・成田龍一［編著］『日露戦争スタディーズ』紀伊國屋書店、二〇〇四年二月刊所収）

第2章

日本のメディアは大丈夫？

奴隷とライオン

カレンダーの関係で正月休みが短めだった今年は、あーあ、テレビ漬けの寝正月で終わっちゃったよ、なんていう人もいるかもしれない。

ところで、最近のテレビ番組はどうなっちゃっているんだろうと思うことが少なくない。

芸人がネタをやらなくなったとか、素人参加番組が増えたとかは、ずいぶん前からいわれていたことである。しかし、近ごろは「素人参加番組」なんて生やさしいもんじゃない。「素人いじめ番組」がいつのまにか全盛になっていたのだ。

この件で私が前から気になっていたのは、TBS系列で日曜午後に放送している「噂の!東京マガジン」だ。この番組には、町でつかまえた若い女の子に、その場で料理を作らせる「やって!TRY」なる人気コーナーがある。カレイの煮付けやサバのミソ煮なんぞを作らせ、料理ができない子を見て笑ってやろうというステキな企画だ。まあたしかに、出てくる子たちはスゴイことをやってくださる。でも、私はこの企画が単純に不快。

理由その一は「若い女の子」だけを餌食《えじき》にしていること。そんなに料理のまずさを笑いたければ、おばさんも、むろん男も一律にターゲットにしたほうがおもしろい。

理由その二は、司会の森本毅郎以下、スタジオにガン首並べているおっさんタレントご一同の悦に入った態度である。この人たちが人のことをとやかくいえるのか。いえるなら、森本、あなたもスタジオでカレイの煮付けをつくってみせてくれ。

大の男が（自分は棚に上げて）若い女の無能さを笑う。たいへんおよろしい趣味である。そしてこの手の趣味が、このところエスカレートしている気配がある。

典型的な例が、テレビ東京系列の「愛の貧乏脱出大作戦」だろう。客の入らない飲食店の主人が、「再修業」と称して一流店に料理や接客を学びに行く企画である。それはまあよいとして、問題は「教育係」として抜擢《ばってき》された一流店の料理長だか指導者だかの態度である。わざとやっているにしても、人格まで否定するような罵詈《ばり》雑言《ぞうごん》の嵐。料理店業界とは、こんなにも柄の悪い連中がそろっているのかと開いた口がふさがらない。

ＴＢＳ系列の「快傑熟女！　心配ご無用」はいわゆる「骨肉の争い」や「男女関係のもつれ」関連の人生相談番組だけれども、ここでも「熟女タレント」の軍団が、煮えきらない態度の相談者にいいたい放題。あるいはフジテレビ系列の長寿番組「笑っていいとも！」の中では、老人をクイズの解答者席に座らせて、トンチンカンな解答を笑うコーナーがある。

「貧乏脱出大作戦」にせよ「快傑熟女!」にせよ、自分で応募してきた視聴者だからいいのだという考え方もあろう。もちろんヤラセかもしれないし。

しかし問われるべきは、番組の構図そのものだ。

何かを遂行できない人、問題解決能力が低い人とは、つまるところ社会的な弱者である。そういう人を公衆の面前に据え、笑い、罵倒し、「修業」と称して過酷な体験をさせ、当人が当惑して涙ぐんだりゴマ化し笑いをしたりする場面を「見せ場」とする。視聴者はそれを「娯楽」として見物し、消費し、楽しむ。感動のドラマや人助けの皮をかぶっているけど、コロッセウムで奴隷とライオンの殺し合いを見物するのとどこがちがう？

そんなやつらに限って、片一方では学校の「いじめ」を問題視して、もっともらしく憂えてみせたりするのだから何をかいわんや。

だいたいコトを成すには力を行使するしかない、という発想が大昔の軍隊方式で非合理きわまりないのだ。「しごき」や「いじめ」を大人が娯楽化している以上、子どもだってそうするさ。

（『新潟日報』一九九九年一月七日）

この種の「素人いじめ番組」こそ近頃は減ったけれども、テレビ番組に「いじめ」の要素がまったくなくなったとはいいきれないだろう。笑いには差別が含まれるものである、とい

うのは一面では真実ながら、バラエティ番組はいじめの方法論の見本帳だったりもするのだ。その一方では、女に料理をさせて笑う番組もいまだに健在。山尾美香『きょうも料理』（原書房、二〇〇四）によると、世の中には「男の料理には独創性が必要で、女の料理には基本が必要だ」というイデオロギーがいまだに根強くあるという。そしてバラエティ番組が好むのは、料理上手の男（たとえばフジテレビ「ＳＭＡＰ×ＳＭＡＰ」の「ビストロＳＭＡＰ」）と、料理下手な女（たとえばテレビ朝日の「愛のエプロン」）だとも。

（二〇〇七年一月）

テレビ番組は様変わりしたが、「噂の！東京マガジン」は「やって！ＴＲＹ」のコーナーともどもいまだに健在。だがこれも、いまでは「いじめ」というよりギャグに近い感じになってきた。「料理ができる男」がもう珍しくないように、「料理ができない女」もいまや当たり前すぎて、いちいちあきれてはいられないのだろう。

（二〇一〇年五月）

男女対抗戦の謎

日曜夜のNHK総合テレビで、変な番組をやっている。

香取慎吾クンが近藤勇を演じる「新選組！」ではなく、その前の七時二十分から放映している「お宝映像　クイズ見ればナットク！」という番組だ。

この時間帯はNHK教育テレビで「サンダーバード」と「ひょっこりひょうたん島」をやっているため、そっちに気をとられて、こんなクイズ番組がはじまったことさえ知らなかったのだけれど、こないだふとした拍子に音声だけが耳に入ってきて、

「なんやクラシックなことをやってるな」

と感じたのだった。この番組は、NHKが保管する過去の記録映像から問題を出すというもので、石澤典夫・久保純子の両アナウンサーが司会をつとめている。

その何が「クラシック」なのか、瞬間的にはわからなかった。しかし、ほどなく違和感の源が判明した。このクイズ番組は、四名ずつの「男性チーム」と「女性チーム」に分かれて得点を争う形式なのである。私がたまたま見た回は、ラサール石井が「男性チームのキャプテン」、城戸真亜子が「女性チームのキャプテン」で、このキャプテンと

いう人が固定なのか交代制なのかは不明だが、いずれにしてもこの形式は往年のクイズ番組「連想ゲーム」と同じである。だから音声だけ聞いていると「連想ゲーム」にそっくり。

そして、こういうときに、斎藤美奈子のような人間が考えることはひとつである。いまどき「男性チーム／女性チーム」って分け方があるぅ？　学校の名簿でさえ男女混合にしようって時代にさー。ＮＨＫはなに考えてんだろ。

「連想ゲーム」が放映されていた七〇年代には考えもしなかった角度の疑問だ。三十年の間に私が成長した（理屈っぽくなった）というよりも、時代が変わったと見るべきだろう。クイズの答えを競わせるのにチームを「男／女」で二分する必然性はどこにもないし、事実、私が記憶する限り、民放でそんな二分法を用いている番組もない。

がしかし、改めて考えてみると、「男性チーム／女性チーム」という分け方こそ、ＮＨＫの専売特許、すなわち「伝統の技」なのだ。

「連想ゲーム」よりもっと前、モノクロ時代にこの形式を採用していたＮＨＫの番組に「ジェスチャー」というのがあった。柳家金語楼と水の江滝子が両チームのキャプテンで、小学生だった私たちもしきりと真似して遊んだ覚えがある。

さらに、そうだよ、いわずと知れた「紅白歌合戦」である。歴史的使命は終えただの視聴率低迷だのと罵倒されながらもダラダラと存続してきた「紅白」だが、思えばヒットソングを歌うのに「白組（男性チーム）／紅組（女性チーム）」に分けて「合戦」をするというスタイルそのものが、空々しいというか鼻白むというか、居心地悪いことこの上ない。男女混成ユニットを紅白どっちのチームに入れるかで、当のNHKも毎年オタオタしているくせに、こんな分け方はもうやめましょうとは、いままでだれも提案しなかったのだろうか。

というより、その前に「男女別のチーム対抗戦」という独創的な形式を、いつだれがどんな理由で発明したのか自体が謎である。

こんな形式、いくら考えても、日常生活の中には見いだせない。スポーツの世界ではありえないでしょ。学校でも職場でも地域活動でも、まーありえませんよね。いや、銭湯の男湯／女湯から、男子校／女子校、男性誌／女性誌まで、「男女別」の区分を設ける習慣はある。あるがしかし、分けた上で「対抗させる」という文化は珍しい。

「紅白歌合戦」のスタートは半世紀以上も前の一九五一年。「ジェスチャー」の放映期間は一九五三〜六八年。「連想ゲーム」は「ジェスチャー」を引き継ぐ形で一九六九年にスタートし、九一年まで続いたらしい。「男性チーム／女性チーム」がさほど違和感なく受け入れられたのはせいぜいその時期までだったのだろう。その後になると、家庭科の男女共修や男女混合名簿が導入され、いわゆる男女共同参画が（タテマエ上は）進むことになる。

ＮＨＫにしたところで、ついこの間までやっていた「クイズ日本人の質問」では「男／女」なんて無粋なチーム分けはしていなかったはずだ。それがなぜいま「ジェスチャー」「連想ゲーム」方式の復権なのか。ＮＨＫの見解をぜひ聞いてみたいものである。

（『言語』二〇〇四年四月号）

やはり不人気だったのか、二〇〇三年四月にスタートした「お宝映像　クイズ見ればナットク！」は二〇〇四年三月いっぱいで終了した（私が見たのは、だから末期の頃だったことになる）。一説によると、男女別のチーム対抗戦というのは後から導入されたスタイルで、当時のＮＨＫ会長・海老沢勝二の鶴の一声によるものだったと、ラサール石井が後にラジオで語っていたそうである（フリー百科事典「Wikipedia（ウィキペディア）」の情報）。

（二〇〇七年一月）

バーチャルな語尾

『論座』二〇〇四年三月号に鳥飼玖美子さんがおもしろいことを書いていた。題して「吹き替え反対論」。オリジナル音声に日本語をかぶせた吹き替えのテレビ番組は問題があるというのである。

民放のある報道番組では、殺人を犯した少年の四十八歳になる母親が「私は……考えたの」「何の兆候もなかったわ」としゃべり、三十代後半らしき女性の心理学者も高い可愛らしい声で「……なの」「……なのよ」と話し、ＦＢＩの行動分析官である五十代の女性までもが「コメントできないわ」「嬉しいわ」といった調子であった。

鳥飼さんは書く。

これでは、日本語に吹き替えられたインタビューを聞いた視聴者は、その時点で、それぞれの「話し方」から、英語からは発信されていない、ある種のメッセージを受け取ってしまう。語尾の使い方もそうだし、「声」そのものからもデフォルメされたメッセージを受け取る可能性がある。

同意する人が多いのではないだろうか。「大草原の小さな家」を原語で見たという知人は「あんなに低い声でしゃべっているとは思わなかった」と驚いていた。日本の音声言語文化が「アニメ声」に毒されている可能性は疑ってみるべきかもしれない。

しかし、女性の発言の翻訳が「……だわ」式なのはテレビ番組だけではない。活字も同じだ。

あら、ごめんなさい。でもフォアグラを選ぶなんてあなたらしくないわ。ガチョウの魂はのぞいたの？　かわいそうに、それはつらかったはずよ。あなたはきっと、あえて目をそむけたのね。

これは、たまたま手元にあった最新のイギリスの通俗小説の日本語訳の一節である。あなた、これを読んでおかしいと思わなくて？　だってこれ、いまの日本語じゃないんですもの。こんなしゃべり方をする女、いまの日本にはいなくてよ。

「あ、ごめん。しっかし、フォアグラを選ぶか、ふつう」

とか、そんな感じだと思うわ。そうなの。これはメディアの中にしかないバーチャルな日本語なのよ。そりゃあ明治の女学生は語尾が「てよ」や「だわ」の「てよだわ言葉」でしゃべっていたかもしれないわ。でも、いまの言語感覚でいくと、これは「おねえ言葉」よね。バーチャルな日本語だから、バーチャルな女性に愛されているのだわ。こんな日本語を読むと、だから私は『トッツィー』に出てきた女装姿のダスティン・ホフマンを思い出すわ。

しかし、思えばメディアの中だけで流通する日本語は、女言葉以外にもいろいろある。たとえば、老人が話す「わしゃ……じゃよ」という主語と語尾はどうじゃろか。そんな風にしゃべる古老が本当におるのじゃろうか。階級的な訛《なま》りだか、地方語だかを表現するときの「おら……しただ」はおかしいと思わねえだか。おらは聞いたことねえだがな。

思い出してみると、こうした日本語にわれわれがはじめて出会ったのは、翻訳物のお伽噺《とぎばなし》や児童文学の中でであった。村岡花子訳の『赤毛のアン』や竹山道雄訳の『ハイジ』はこんな人々ばかりである。幼児期の刷り込みはおそろしい。子ども向けにキャラを際立たせる必要があったにしても、五十代のFBI行動分析官が『赤毛のアン』の語調でしゃべっていると思えば、そのおかしさがわかるってものだ。翻訳物だけの話でもない。私自身、自分の出ているインタビュー記事で「……だわ」としゃべっている自分を目にして驚愕《きょうがく》することがある。

と、ここまで来て、同じ『論座』にダスティン・ホフマンへのインタビューが載っているのを発見した（伊藤千尋「イラクの人々が何人殺されたか、我々は知らされていない」）。『トッツィー』ではなく、地のダスティン・ホフマンいわく。

なぜ俳優を志したかというと……ほかに選択肢がなかったからさ。

こうは思わないか？　このインタビューが始まってから考えたことをすべてそのまま書き留めなければならないとしたら、とても無理だろう。

これもかなりバーチャルな日本語だとは思わないか？　まるでCNNの吹き替えみたいだ。でなきゃ村上春樹の小説さ。ほんとにそんな口調だったのかい？　興味深いな。

（『言語』二〇〇四年五月号）

文中に出てくる「フォアグラ云々」の出典を突き止めようとしたのだが、どうやら売り払ってしまったらしくて見当たらない。任意の一冊ということで、また名指しの批判が目的ではないということでお許しを。

（二〇〇七年一月）

左右の安全をたしかめて

大きな事件のあった日の翌日は新聞の社説がおもしろい。

たとえば、三月十八日の社説。田中眞紀子前外相の長女に関する記事を掲載した『週刊文春』に、東京地裁が出版禁止の仮処分命令を出した。この件を受けて、『朝日新聞』はプライバシーの侵害をタテに『文春』をたしなめ、『産経新聞』は憲法に抵触する可能性ありと書いた。

売れさえすれば、書かれる側のプライバシーなどお構いなし。今回の決定はそうしたことがまかり通っていることへの警鐘でもあるだろう。

（『朝日新聞』二〇〇四年三月十八日付社説）

真紀子さんの長女にプライバシー権があるのは当然だが、記事内容から判断して出版の差し止めという憲法が保障する表現・出版の自由に抵触するおそれがある決定を軽々としてよいのかどうか、大きな疑問がある。

（『産経新聞』二〇〇四年三月十八日付社説）

一瞬、クレジットが逆かと思ったよ。『朝日』のいうこともわからないではない。だが、『産経』が主張するように、地裁が出版禁止の仮処分を発令するという異例の事態を無条件に支持もできない。もし記事の対象が田中眞紀子ではなく、ほかの大物政治家だったら、両紙はどんな論陣を張っただろう。

しかし、この時点では『朝日』の何がヘンなのか、私にもよくわかっていなかった。『朝日』ボケてんな、と思ったのは三月三十一日だ。『朝日新聞』はこの日、君が代処分事件を取り上げた。都の教育委員会が君が代斉唱時に起立しなかった教職員百七十名あまりを戒告などの処分にすると決定した、それを受けての内容である。

式を妨害したのならともかく、起立しないからといって処分する。そうまでして国旗を掲げ国歌を歌わせようとするのは、いきすぎを通り越して、なんとも悲しい。

（『朝日新聞』二〇〇四年三月三十一日付社説「起立せずで処分とは」）

「いきすぎを通り越して」という表現も妙だけど、か、悲しい……。そういう問題か？

案の定、『読売』『産経』連合軍に揚げ足をとられ、

夏の甲子園大会でも、プロの歌手が国歌を独唱している。

（『読売新聞』二〇〇四年三月三十一日付社説「甲子園では普通のことなのに」）

そうまでして国旗・国歌を貶《おとし》めようとする論調は、なんとも悲しい。

（『産経新聞』二〇〇四年四月一日付「産経抄」）

とやられたからたまらない。なにせ夏の高校野球は朝日新聞社の目玉商品だ。

で、四月二日、焦った『朝日』の社説はますますの迷走を見せる。

〈どうしても嫌だという人に無理やり押しつけるのは、民主主義の国の姿として悲し過ぎる。私たちはそう言っているのだ〉とほとんど絶叫調で述べた後、社説は意表をつく行動に出る。

しろじに　あかく　ひのまる　そめて
ああ　うつくしい　にほんの　はたは
小学1年生は、みんなこの歌を習う。日の丸を美しいと思う心は、強制して育てるものではない。

（『朝日新聞』二〇〇四年四月二日付社説「甲子園とは話が違う」）

とうとう歌っちゃったよ、社説の末尾で。右派勢力にいじめられて壊れちゃったか。ここまで来て、ようやく朝日のヘンさの源がわかった気がした。もともとその傾向があったとはいえ、ここんちの社説は（天声人語も）モゴモゴしていて論旨不明瞭。何がいいたいのか、結局よくわからないのである。

朝日新聞社の壁にはこんな標語がかかっているにちがいない。

「左右の安全をよくたしかめて渡りましょう」

文春事件が「表現の自由」をうたう憲法二十一条違反なら、君が代処分事件は「思想・良心の自由」をうたう憲法十九条違反の疑いがある（と私は思う）。ところが『朝日新聞』は、憲法がからむと「右」にも「左」にも好かれようとして、必ず迷走モードに入るのだ。

左右の安全、転じて右往左往。

四月八日、各紙は福岡地裁における小泉首相の靖国神社公式参拝違憲判決を受けた社説を載せた。『朝日』はあいかわらずである。

〈小泉首相が個人として戦没者を追悼したいという思いは理解できる〉と右を向き、〈首相は「伊勢神宮、あれも違憲？」と語った。政教分離という点では首相の参拝に違憲の疑いがあるが、靖国神社が背負う歴史を見れば同列には論じられない〉と左を向く。

伊勢神宮と靖国神社はちがうという理屈は、甲子園と卒業式は別という論法とも似ている気がする。これだけ迷走しておいて、『読売』『産経』との社説の応酬を自ら取り上げ、「論争が読者に広がった」(四月十三日付社説)と自画自賛する『朝日』。

各紙の社説が比較しやすくなったのは、朝のニュースショーで新聞を紹介するのが常態化したのと、ネットで新聞の社説が読めるようになったことが大きい。いまの『朝日新聞』に必要なのは「左右の安全」より「注意一秒、けが一生」の精神かと思われる。

(『言語』二〇〇四年六月号)

この頃気がついたのだが『朝日新聞』の社説の基本は「ぼやき」である。「左右の安全」を気にしていると、旗幟鮮明な主張ができないため、どうしても「ぼやき」めくのである。『朝日』がかつてはリベラルな新聞だったなんて、いまではだれも信じないだろう。

(二〇一〇年五月)

親戚感情と村八分

「一億三千万総親戚化」とでも呼びたくなる現象が、日本のメディアではよく起こる。人気女優が婚約したといっては指輪を見せろと迫り、大物喜劇人が死んだといっては葬儀場に中継車を出す。あれは「有名人の私生活をのぞき見る」のとはちょっとちがったメンタリティのような気がするんですよねえ。共同体内部の一大事を親戚ないし村民一丸となってことほぐ（あるいは悼む）、そんな感じ。

「雅子のキャリアと人格を否定するような動きがあった」

という皇太子発言にメディアがあれだけ色めきたったのも親戚現象の一種だろう。

「本家のワカにあんなことをいわせたのはダレじゃ」

と青筋立てて怒る分家のオジオバみたいだったもんな、みんな。

有名人の冠婚葬祭くらいならまあよい。問題は事件も事故も国際関係も、あらゆるニュースが近ごろ親戚目線、ご近所目線で報じられ、語られていないかということだ。

わかりやすい例が北朝鮮による拉致被害者問題である。五月二十二日の二度目の小泉訪朝は評価と批判が相半ばしたものの、連日伝えられたのはたとえばこんな内容だった。

福井県小浜《おばま》市の拉致被害者、地村保志さん（48）の父、保さん（77）は二十七日、保志さん宅を訪れた際、三人の孫が、はっきりした日本語で初めて話したことを明らかにした。この日夜三人は「こんばんは」と出迎えた。保さんが二十八日から小浜を離れることを説明、富貴恵さん（48）が「お土産買ってきてもらおうね」と言うと、保志さんの長女（22）が「おじいちゃんに迷惑かけたくない」と答えた。／帰る際には、長男（20）と二男（16）がそれぞれ「毎日、来てね」、三人で「さよなら」と言ったといい、保さんは「うれしかった。会うのがどんどん楽しみになってきた」と喜んだ。

（『読売新聞』二〇〇四年五月二十八日）

こ、これが全国紙の記事⁉　親戚新聞かご近所新聞のパロディみたい。

ちなみに『読売新聞』は四大紙の中では訪朝の結果にもっとも厳しく、社説でも「成果があったとは言えない」と断じていた。でも、それはそれ。「家族の絆」はすべての差違を超越する絶対善だから、右のような記事も載るのである。

そもそも拉致問題について、ジャーナリズムは終始一貫、これを「家族の絆」という視点で報じてきた。そのかいあって、拉致問題と聞くと、私たちの脳裏には横田夫妻をはじめとする家族会メンバーの顔が浮かぶ。もはやすっかり親戚気分。二〇〇二年の小泉訪朝で進展するかに見えた国交正常化交渉を座礁させたのも、「北朝鮮憎し」の感情をあそこまで過熱させたのも、世論という名の「親戚感情」だったと私は思っている。

こわいくらいに日本的。国民あげて総力戦を戦った一九四〇年代の日本みたいだ。日本型ナショナリズムは「疑似家族」の形をとったとき、もっとも強力に発動する。敗戦前の日本社会はいうまでもなく、高度成長を支えた日本企業も疑似家族にたとえられた。

地域や職場の家族的関係が解体されつつあるいま、人々はメディア、ことにテレビ報道を通して「家族の絆」を体感し、醇風美俗《じゅんぷうびぞく》の一族郎党感を学び直しているように見える。テレビというメディア自体が「世間のご近所化」を促す装置だとはいえるけど、日本人の情に訴えるのは民族じゃなく家族なのよね、やっぱり。

親戚感情はしかし、昔から憎悪と表裏一体と決まっている。自衛隊の撤退を訴えたイラク人質事件の家族が非難の的にされたのも、二度目の首相訪朝への不満をやんわり示した拉致被害者家族への新たな批判が噴出したのもそれ。古めかしい情といっしょに「態度が悪い」の一点で一族の意に添わない家族を村八分にする風習もよみがえったのだと思えば納得もいく。「経済制裁をしろ」の根拠が「ご家族の心情」だったりすることに私はギョッとするのだが、親戚目線の報道機関は今日も家族の絆のPRに一所懸命だ。

（『DAYS JAPAN』二〇〇四年七月号）

たまには、ババンと

そこはかとなくムカつくテレビCMというのがあって、このところの私のムカつき物件は、

「たまには、ババンと！」

というやつである。加藤茶と加藤晴彦と若い女性タレントの三人が出演しているあれだ。いったい、あそこに出てくるあの女はどういう了見なのだろう。

寿司屋のカウンターに陣取って、恋人が財布を気にしながらカッパ巻きを注文すると、

「たまには、ババンと！」

といって、ウニだのトロだのを食わせろと要求する。

夏の旅行の計画にあたり、恋人が国内旅行でお茶を濁そうとすると、

「たまには、ババンと！」

とまたいって、ハワイらしき南の島へ連れていけと要求する。

うろ覚えで書いているので細部はテキトーだけれども、「たまには、ババンと！」とはもちろん「借金をしてこい」の意味である。男に借金をさせてまで自分の欲求を満た

そうとする女も女なら、それをいちいち呑んで借金しにいく男も男だ。「ババンと」の彼女ときたら、最近では急にバンドをやりたいといいだし、男に楽器まで買わせていた。

あともうひとつ、近ごろは消えたけれども、これと似た設定のCMがあった。

「アッ！とそのとき」

というやつである。あのCMではたしか、女がタクシーで札幌にラーメンを食べに行きたいとねだったり、中華料理店で山ほどの料理をたいらげたりし、

「アッ！とそのとき」

とあわてたユースケ・サンタマリアがATMに借金をしにいく筋立てだった。

ったく、日本のカップルはどうなっているのだろう。というか日本のローン会社は何考えてんだ。割り勘というゆかしい思想があることを、この人たちは知らないらしい。

偶然なのか示し合わせたのか、先の二つはともに銀行系ローンのCMである。「ババンと」は三菱東京グループのキャッシュワン。「アッと」は三井住友グループのアットローン。銀行系だから安心、低金利、ATMでも借りられるなどを売り物にしたパーソナルローンである。だから若い人狙い、ということなのだろうけれど、短絡すれば三菱東京と三井住友は「男にタカって得しようとする女」と「金の力で女にモテようとする男」をけしかけて、お商売をなさっていらっしゃるわけである。まことに見上げた心がけである。

さて、銀行系のローンといえば、もう一個メジャーなのがあった。UFJグループのモビットである。こちらのCMは竹中直人と桃井かおりで、キャッチフレーズも、「働く人の頼れるモビット」

浮わついた感じがないのが好ましい。

と思っていたが、よく考えると、これはこれで「なんだかな」な気がしてきた。モビットの中年カップルは木下藤吉郎とねねという設定らしいが、お話としては「山内一豊の妻」風。しっかり者の妻が夫の野望を支える、つまりは「内助の功」である。男にタカるタカビー女と夫を支える封建時代風の妻。どっちがマシかは判断に迷うところだが、どっちにしても、「それってどーよ」だ。

UFJが三菱東京と三井住友のどちらと合併するかでモメているのを横目で見ながら、私は思った。じゃあ次は嫁姑戦争か。夫の野望を借金で支える内助の妻と、恋人に借金をさせるタカビー娘が合体したら……おおコワッ。

カードローンのCMごとき、何だっていいともいえるけれども、こんなところにも日本の金融業界の民度があらわれている。

（『DAYS JAPAN』二〇〇四年十月号）

UFJは三菱東京と合併して三菱東京UFJグループとなったが、傘下にDCキャッシュワン（旧三菱東京系）とモビット（旧UFJ系）の両方を抱えた形になっている。銀行系ロー

ンとはいうものの、実質は消費者金融、いわゆる「サラ金」との共同出資会社であり（ＤＣキャッシュワンはアコムの子会社、モビットはプロミスと提携）、そう考えると「たまには、ババンと！」と借金をあおるのも、体質としては当然だったかもしれない。とはいえ、金融業者の悪質な取り立てが社会問題となる中、借金を奨励するようなローン会社のＣＭはその後めっきり減り、「ご利用は計画的に」方面へと一律にシフトした。まー当たり前であろう。

（二〇〇七年一月）

ＤＣキャッシュワンは、現在はアコムと合併して解散した。アットローンのＣＭは大塚寧々。いまだに当時の路線を守っているＣＭは、竹中直人と桃井かおりのモビットだけ。浮ついたナンパより夫唱婦随の事業のほうが借金市場でも強いということだろうか。

（二〇一〇年五月）

皇室報道の「そーっと主義」

二〇〇四年はなんだか皇室関連の話題が多かった。

五月の皇太子「人格の否定」発言が思いのほか波紋を広げたのに加え、十一月末には秋篠宮が三十九歳の誕生日会見でまさかの皇太子批判ともとれる発言。

「雅子のキャリアや人格を否定する動きがあったのも事実」

と語った兄宮と、その発言を指して、

「私としては残念に思っている」

と述べた弟宮。ここんちの人々はなかなかおもしろいなという印象である。保守派をヤキモキさせるとでもいうか、さりげなくオキテ破りな言動が多いのだ。

オキテ破りといえば、十月の園遊会における明仁天皇の発言もおもしろかった。

「日本中の学校で国旗を掲げ国歌を斉唱させるのが私の仕事でございます」

そう語った東京都教育委員の米長邦雄氏に対し、

「やはり、強制になるということでないことが望ましい」

と返した明仁天皇（私が見た当日のテレビニュースでは「強制であるのはねえ」とい

う語尾を濁したいい方だったけど）。米長氏の心中を思うと同情にたえない。

翌週の「皇室アルバム」を見ていたら、まさにこの園遊会の場面が映り、

明仁「いまは将棋のほうは？」

米長「将棋のほうはやめましてですね」

というやりとりまでは映していたが、肝心の日の丸・君が代に関する応酬はキレイにカットされていた。情報開示の点では、この部分こそきちんと流すべきなのに。

「皇室アルバム」のこの一件でもわかるように、天皇一家の言動をメディアが報じるときの姿勢をひと言でいえば「そーっとしておこう主義」である。

先の天皇発言は『朝日新聞』が社説で取り上げていたけれど、この社説は最近の『朝日』にありがちな「何がいいたいのかわからん主張」になっている。

話題となった一因は、国旗・国歌問題で天皇陛下ご自身が発言したことがきわめて異例だからだろう。しかし、その内容は政府の見解の通りだった。（略）宮内庁は陛下の発言について「政策や政治に踏み込んだものではない」と説明した。憲法は天皇について「国政に関する権能を有しない」と定めているが、細田官房長官も「憲法の趣旨に反することはない」と述べた。／いずれも妥当な判断だと思う。

（二〇〇四年十月三十日付）

それは政治的な発言には当たらないということを、天皇に、宮内庁に、または政府に成り代わって、わざわざ述べているわけである。

秋篠宮の「異例の苦言」に関しても、『朝日』は天声人語の場で〈今回の発言が、むしろ良い媒介となり、お二人や天皇ご一家の思いの通い合う「道」が、より広がればと思った〉（十二月一日付）とご親切にも兄弟ゲンカの仲裁役を買って出ている。

まるで転ばぬ先の杖。言論の波風が立つのを言論の府がガードしてどーする。

問題は、明仁天皇が、あるいはその一家がこうやってオキテ破りに努めても（天皇が「強制は望ましくない」といったのだ。政治的な発言でないことはないだろう）、ジャーナリズムの「そーっと主義」がそれを端から握りつぶしていくことだ。「いまのは聞かなかったことにしよう」とばかり、マスメディアは紀宮清子内親王の婚約内定とか敬宮愛子内親王の成長ぶりとかのめでたそうな話題に目をそらそうと必死。

天皇制の矛盾と戦っているのはいまや天皇一家かもしれないというパラドクス。伝統保持派のジレンマはそんな天皇一家を直接には批判できないことだろう。だからこそおもしろいともいえるけれども、当人たちは「なんだよ、つまんねーな」と思っているような気もする。

（『DAYS JAPAN』二〇〇五年一月号）

「Ｎ朝抗争」の裏を読む

抗争の発端はこの記事だった。

〇一年一月、旧日本軍慰安婦制度の責任者を裁く民衆法廷を扱ったＮＨＫの特集番組で、中川昭一・現経産相、安倍晋三・現自民党幹事長代理が放送前日にＮＨＫ幹部を呼んで「偏った内容だ」などと指摘していたことが分かった。

（『朝日新聞』二〇〇五年一月十二日）

その日から、ＮＨＫ一局の「不祥事」はＮＨＫ対『朝日新聞』の「抗争」に転じ、あとはもう泥仕合《どろじあい》の様相。安倍晋三は民放各局に出まくって自らの潔白を主張し、Ｎと朝は、

「オマエの報道は捏造《ねつぞう》だ」

「オマエの番組こそ改竄《かいざん》だ」

と果てしない抗議合戦、訂正要求合戦、謝罪要求合戦を続けている。何をやっている

んだか。これを見て「論点がズレてねえ?」と思った人も多いのではないか。

第一に、NHK幹部と安倍氏らが番組について事前に話題にしたのは事実であること。

第二に、『朝日』の取材に応じた松尾武NHK放送総局長が「圧力」と感じようが感じまいが、安倍氏自らが「公平公正にお願いします」と述べたと認めていること。

第三に、出演者が予期せぬ形で改変された番組が放映されたのも事実であること。

私はこの番組を見ていないので正確な判断は下せないものの、これだけの材料がそろっていたら、「政治家の介入」と考えるのはいわば世間の常識であり、取材の席で『朝日』に何をいったかなどは些末な問題なはずなのだ。

さて、それにしても、なぜいま番組改変問題だったのだろうか。

問題の番組「ETV2001 問われる戦時性暴力」が放映されたのは四年も前、二〇〇一年一月三十日である。この番組に異変があったことは、同年三月の『朝日新聞』のほか、『週刊金曜日』『週刊新潮』なども報じていたし、当日の出演者だった高橋哲哉氏や米山リサ氏も経緯をくわしく書いている(『世界』二〇〇一年五月号・七月号)。

それらによると、くだんの番組は二〇〇〇年十二月に開かれた女性国際戦犯法廷(主催は「戦争と女性への暴力」日本ネットワーク)なる市民法廷を追ったものだった。

直前にカットされたのは、
①加害兵士の証言を含む旧日本軍の組織的性暴力に関する部分

②天皇裕仁を有罪とする判決部分の二か所だったらしい。解説役として出演した高橋・米山両氏の発言も恣意的に編集され、番組名も「日本軍の戦時性暴力」から「問われる戦時性暴力」に変わった。先にあげた二〇〇一年の検証記事には、直前に右翼団体からの放映中止要求があったこと、またあくまでも「噂」として自民党政治家からの圧力もほのめかされている。

つまり今度の『朝日』の報道は、かつての「噂の主」を特定した点に眼目があったのである。だとすれば、松尾氏や安倍氏がムキになって疑惑を否定するのも無理はない。

しかしながら問題は、NHKの番組改変という事態が「N対朝」の構図に矮小化されてしまった点だろう。あれ以来、Nと朝は相互の応酬に終始しており、他のメディアも「N朝抗争問題」としてこれを処理したがっているように見える。事件のもう一方の当事者（高橋氏、米山氏、内部告発をした長井暁プロデューサー、女性国際戦犯法廷の主催者ら）が、一度でも安倍氏と同じように各局に登場して抗議する姿を見た？　見てないっしょ。

高橋氏が指摘するように、天皇の戦争責任と慰安婦問題はこの国のメディアの二大タブーだ。そこに抵触したことが番組改変の要諦だとしたら、その体質は全社同じ。この間の（わざと？）核心を外した報道が何よりの証拠に思える。ほんとにこれを重く受けとめるなら、両者の突撃バトルの場を他局は用意すべきなのである。視聴率だって上がるぞ。

（『DAYS JAPAN』二〇〇五年四月号）

「N朝抗争」は結局、すっきりしない形で終結を迎えた。『朝日新聞』は二〇〇五年七月二十五日の朝刊二ページ分を使い、番組改変問題の検証記事を載せたのだったが、その内容は〈記事中の①中川氏が放送前日にNHK幹部に会った②中川、安倍両氏がNHK幹部を呼んだ〉の部分については、〈直接裏付ける新たな文書や証言は得られておらず、真相がどうだったのか、十分に迫り切れていません。この点は率直に認め、教訓としたいと思います〉というもの。しかし半面、〈現時点では記事を訂正する必要はないと判断します〉とも書かれており、真相は藪の中。『朝日』は十分な証拠をつかめなかったということなのだろう。NHKは検証記事に「到底納得できない」という反応を示したが、たとえ「政治家の介入」が番組改変の直接の原因ではなかったとしても、肝心の場面が放映されなかったことに変わりはない。矮小化が惜しまれる事件だった。

（二〇〇七年一月）

二〇〇八年六月十二日、最高裁は原告側のVAWW-NETジャパンに当番組に対する「期待権」は保護されないとの見解を示し、原告の敗訴が確定した。中川昭一は「私と安倍晋三前首相が『事前に番組に圧力をかけた』と朝日新聞で報じられたことが捏造だと確認されたが、（朝日新聞から）謝罪はなく名誉は毀損されたままだ」と、安倍晋三は「最高裁判決は政治的圧

力を加えたことを明確に否定した東京高裁判決を踏襲しており、朝日新聞の報道が捏造であったことを再度確認できた」とコメントしたが、これもまた後味の悪い判決であった。なお、この件を含めてなにかとお騒がせな政治家だった中川昭一は二〇〇九年八月の総選挙で落選し、同年十月三日急死している。

（二〇一〇年五月）

日勤教育化する報道

百七名の死者を出した四月二十五日のＪＲ福知山線・尼崎の列車脱線事故報道で「あれあれ、なんだこの雲行きは……」と思ったのはボウリング問題からだった。事故当日、ＪＲ西日本天王寺車掌区の職員が親睦《しんぼく》ボウリング大会を開いていたという後追い報道である。

同社によると、ボウリング大会は職員互助会主催で、大阪市東住吉区のボウリング場で開かれ、区長ら43人が参加。午後0時半ごろに集合し、同1時から約50分間、予定通り2ゲームをプレーした。／脱線事故は午前9時18分発生。43人はこの日は休みだったが、区長はいったん職場に顔を出し、新大阪総合指令所からの一斉放送で事故を知った後、ボウリング場に向かった。

（『読売新聞』二〇〇五年五月五日）

その後の経緯はご承知の通りである。ＪＲ西日本は内部調査を行い、四月二十五日から三十日までの間にのべ百八十五人の社員がゴルフ、宴会、旅行などの「不適切な行事」に参加していたと発表（五月六日）。ＪＲ職員に対する嫌がらせが相次いで、この種の糾弾報道は一応ストップしたものの、今度は五月五日の記者会見で罵声をあびせた取材記者の態度が問題となり、こっちはこっちで『読売新聞』が「不穏当・不適切な発言」に関する大阪本社社会部長のおわびの談話を発表するハメになった（五月十二日）。

一連の騒動を見ていて思いついたのは「日勤教育化する日本」という言葉である。日勤教育とはＪＲ西日本がミスをした運転士らに行っていたという例の懲罰的な教育を指す社内用語だ。事故原因を個人に還元せず、ＪＲ西の体質にまで広げたのは今回の報道の功績だろう。でも、非番の人の行動までやいのやいの暴き立てるのも、日勤教育に似ていないか。

誤解をおそれずにいう。これと一脈通じるのが地方公務員の厚遇問題だ。批判が集中した大阪市を例にとると、職員互助会の生命共済掛け金を公費で負担していた、係長級以下の職員に一着三万円のスーツを支給していた、交通局職員の乗務のたびに給与とは別の手当を出していたなどなど、出るわ出るわ「公費の無駄遣い」。それが連日報道され、大阪市は新年度の予算案で福利厚生予算と諸手当の大幅な削減を打ち出したのだった。

公務員の諸手当は税金だから、納税者が使い道をチェックするのは当然だろう。でも、

あえていいたい。それを糾弾する側の意識の中に、

「あいつらばっかりいい目を見やがって」

というヤッカミの気分が混じっていなかったといえる?

公務員は公僕である。と同時に労働者だ。「同じ労働者」の視点で公平性を重視するなら「ヤツラの待遇を落とせ」ではなく「ワレワレの待遇を引き上げろ」と要求することだってできるのである。大阪市の処遇が適切だったかどうかを別にしていうと、私は公務員の労働条件はある程度の高水準を保っていただかないと困ると思っている。待遇が落ちて市民サービスの質が低下しても困るし、それ以上に公務員の待遇はひとつの指標で、全労働者の待遇にもかかわってくるからだ。市の職員にスーツを支給したといって怒るけど、それを盾にとれば、私企業の営業マンのスーツこそ会社が負担しろよ、という理屈だって成り立つのだ。

JR西の報道に話を戻すと、「あいつらばっかり」という大企業の職員に対する日頃のヤッカミとウップンが、ここにも混じっていなかったとはいえまい。

事故の大きさを思えば、そりゃあ彼らも即刻救助に向かうべきだっただろう。しかし、一般論としていえばである。「モラル」を盾に、非番を含む周辺社員の行動まで俎上《そじょう》に載せるのは、働く人を萎縮させこそすれ、事故減らしにはつながらない。社内行事はレジャーとは限らない。それだって滅私奉公の一環かもしれないんだぜ。

報道が日勤教育化するのは、マスメディアで働く人たち自身の労働条件もじつは大きく関係していよう。正規雇用者ではない、フリーランサーや外注労働者の低賃金＆過重労働で、いまやこの業界はもっている。だからこそ「ヤッカミ」が日常化して他罰的にもなるわけだが、そうやって労働者同士が分断され、足の引っぱりあいに走った結果、得をするのはだれなのか。責任の矛先をどこに向けるべきなのか、少しは問われてもいい。

（『DAYS JAPAN』二〇〇五年七月号）

JRの社員（旧国鉄職員）や公務員は、かつては「安定」の象徴でありこそすれ「厚遇」の職種とはみなされていなかっただろう。それが叩かれる対象と化したのは、私企業のリストラ等が進み、相対的に公務員の待遇のほうが「上」になってしまったためかもしれない。この記事には、「同じ労働者」なら何をやってもいいんですか、という反論も来たが、そういうのを読むと、少しは「階級的視点」をお持ちになったら、といいたくなる。私なんかどうせフリーランサーだから、公務員や会社員の待遇が落ちたって困りゃしないわよ。じゃー勝手に足の引っぱりあいをして、みんなの労働条件がいっせいに落ちるのを待てば？

（二〇〇七年一月）

二〇一〇年四月、神戸第1検察審査会の起訴議決を受け、JR福知山線の脱線事故当時、

ＪＲ西日本の会長だった南谷昌二郎、社長だった垣内剛、相談役だった井手正敬が業務上過失致死傷罪で強制起訴された。〇九年に在宅起訴された前社長の山崎正夫を含め、結果、歴代社長四人が刑事責任を問われることになった。

（二〇一〇年五月）

靖国神社は元気いっぱい

戦後六十年目の夏。小泉首相は八月十五日の靖国参拝を見送った。

八月十六日の各紙社説（『毎日新聞』は十五日）もこの問題を取り上げている。〈日本が戦前の軍国主義に回帰することなど、あり得ない〉〈小泉首相は、近隣諸国の「反日」の動きに対して、そのことを繰り返し、丁寧に説明していく必要がある〉と無難にまとめたのは『読売新聞』。〈靖国神社は、政治や外交とは離れた慰霊の場〉〈いつまでも栄えることを願いたい〉と靖国ヨイショに終始したのは『産経新聞』。〈A級戦犯ほか希望者の分祀《ぶんし》によって靖国を内外ともわだかまりなく参拝できるように〉〈このたび初めて分祀すればそれがしきたりになる〉と、一歩踏みこんで合理主義的（？）な見解を示したのは『毎日新聞』。

いちばん煮え切らなかったのが毎度おなじみ「右往左往」の『朝日新聞』で、『朝日』の社説は歴史認識の件になると最近いつもそうなのだが、〈首相談話をうまく生かし、なんとか信頼を得るきっかけにできないものか〉

と遠い目をしてボヤいて終わり。『朝日』は社説から腐っていく気がする。

さて、とまあこのように、ヨイショからボヤキまで、靖国をめぐるメディアの論調はいろいろだが、靖国神社そのものも強力なメディアであることを忘れてはいけない。

私が靖国にはじめて行ったのは一九八五年の中曾根公式参拝以前。そのときは収蔵品の展示室も整っていず、「過去の亡霊を見た」という不気味な印象が残っただけだったが、今夏再訪してみると、そこはみごとな戦争テーマパークに生まれ変わっていた。

象徴的なのが二〇〇二年にリニューアルオープンした附属博物館、遊就館《ゆうしゅうかん》だろう。十万点に及ぶ収蔵品のうち、大は零戦や人間魚雷回天から、小は戦死者の遺書や遺品まで、数千点がここには展示されている。当今の博物館らしく映像資料も充実、説明パネルもスマート。ミュージアムショップやカフェもあり、博物館としてよくできているのである。

公式ガイドブックや図録を開くと、これまた編集の面から見ても完成度が高く、私は会う人ごとに喧伝《けんでん》するハメになった。

「靖国神社はあなどれないよ。いやー感心しちゃったよ」

むろん仔細《しさい》に検討すれば、おかしなところはいくらでもある。

戦争の悲惨さがキレイに拭《ぬぐ》い去られた、血の匂いがまったくしない施設であること。

靖国自体が軍人軍属を祀《まつ》るための神社であるから当然とはいえ、民間人の犠牲者は一顧だにされていないこと。ましてアジア・太平洋一帯の犠牲者に対する想像力など皆無に等しい。ここは戦争の遺物だけではなく、戦時中の価値観も保存された場所なのだ。いかに小泉首相が、

「不戦の誓いのために参拝している」

と抗弁しても、反省のない施設に参拝している以上、反省はないものと見なされよう。とはいうものの、それ以上に問題なのは、靖国神社は過去の亡霊ではなくなりつつあるという事実である。靖国は確実に巻き返しをはかっているし、その成果も上がっている。『新ゴーマニズム宣言ＳＰＥＣＩＡＬ靖國論』（幻冬舎）の中で小林よしのりは述べている。

〈とても戦前の人間たちにはかなわない　それは特攻隊員の遺書の文字を見ただけでわかる〉

達筆の筆文字にふれただけで、このナイーブな反応！

古い酒（思想）も新しい革袋（意匠）に入れ直せば、ゾンビみたいに再生する。戦争体験者がいなくなる日を見越し、ある種の危機感をもって遂行されただろう靖国の再編。日本が軍国主義に回帰することなどあり得ないという『読売』の論理も、Ａ級戦犯を分祀すればいいとする『毎日』の認識も、現実の靖国神社のパワーの前ではかすんで見える。

リニューアルした靖国に対抗するために、反戦平和運動の陣営が何を考えるべきかといえば、そうだな、やはりグッズの開発かな。

これ以上ほめたかないが、ミュージアムショップで売っている零戦や戦艦大和をデザインした「靖國神社参拝記念」のグッズがですね、またよくできているのである。Tシャツを買うのはさすがにはばかられたが、零戦のスタンプは買っちゃったもん。

（『DAYS JAPAN』二〇〇五年十月号）


この一年後の二〇〇六年、退任間近な小泉首相は就任後はじめて八月十五日に靖国参拝を行った。直前に、A級戦犯の合祀に昭和天皇が不快感を示し「だから　私あれ以来　参拝していない　それが私の心だ」と語ったという「富田メモ」が出てきたことで、世論は首相の参拝反対へと傾き、A級戦犯合祀問題が再びクローズアップされたが、靖国問題の本質はA級戦犯ではないと私はやっぱり思っている。

（二〇〇七年一月）

忍法木の葉隠れの党

新語・流行語大賞に関する悪口はこれまでに百回くらい（ほんとは三回くらい）あちこちの媒体で書いたので、これ以上はかかわるまいと思っていた。

しかし、人がせっかくそういう決意を固めているのに、自由国民社ってところは懲りずにやってくれるのだ。今年（二〇〇五年）の大賞が「小泉劇場」と「想定内」!?

まー小泉政権が発足した二〇〇一年にも「米百俵・聖域なき改革・恐れず怯《ひる》まず捉われず・骨太の方針・ワイドショー内閣・改革の『痛み』」をまとめて大賞に選んだ賞だ。驚くには当たらぬものの、仮にもジャーナリズムの一角を占める『現代用語の基礎知識』の会社が政府与党のタイコモチになりさがる。まったくめでたい話である。

思えば戦後六十年目の夏の解散総選挙、この国の新聞やテレビはこぞって「小泉劇場」に出入りの広告代理店と化し、「刺客」だの「小泉チルドレン」だの「小泉シスターズ」だのの広告宣伝に努めてくれたのであった。その意味ではこの年を記念するに相応しい「大賞」とはいえようが、しかし気がつけば「郵政民営化って何だったの」状態の中、報道機関に常備されていたはずのニュースの重さを量る計量器は微妙に壊れてしまっている。

壊れの象徴が、二十六歳の自民党最年少議員・杉村太蔵氏の追っかけ報道であろう。手っ取り早くネットのニュース検索で調べてみると、十一月以降の分だけでもこのくらいの見出しがすぐ集まる（左はその中のごくごく一部）。

〈杉村太蔵議員〉「後見人」決まる（『毎日新聞』二〇〇五年十一月二日）
太蔵氏に学園祭での講演依頼殺到（『スポーツニッポン』十一月三日）
市長選応援も〝観光気分〟杉村太蔵議員が宮古島市入りへ（『読売新聞』十一月四日）
ニートと代議士は紙一重⁉　杉村太蔵衆院議員がニートと会合（『サンケイスポーツ』十一月十日）
〈杉村太蔵議員〉小池環境相とペア＝テニスで好プレー披露（『毎日新聞』十一月十一日）
タイゾー悪ノリ連発、飯島秘書官のモノマネまで披露（『夕刊フジ』十一月十三日）
太蔵対話集会が中止、参加者体調不良（『日刊スポーツ』十一月十八日）
太蔵議員宣言読み上げ＝自民党立党50年記念大会（『サンケイスポーツ』十一月二十二日）
太蔵議員が大阪街頭演説で六甲おろし歌う（『日刊スポーツ』十一月二十七日）

永田町忘れてリフレッシュ＝自民・杉村氏、間伐作業を体験（「時事通信」十二月二日）

どうせスポーツ新聞でしょといわれるかもしれないが、テレビのニュースショーが新聞記事の朗読で成り立っている今日、スポーツ紙の影響力をみくびってはいけない。

私はべつに杉村君個人が嫌いなわけではない。だが、「新憲法制定」「教育基本法改正」などを政府自民党が嬉々として、あからさまに、これ見よがしに打ち出していることの時期に、

ナニワ太蔵劇場「大阪市長選」応援演説でカラオケ一曲（『スポーツ報知』十一月二十七日）

とかいわれるとズッコケるわけ。つまりは忍法・木の葉隠れの術。木の葉を巻き上がらせて、その隙《すき》に本体はまんまと逃げ延び、所期の目的を達成する……。

選挙期間中はステキなお姉さま候補者の面々に木の葉よろしくヒラヒラと舞っていただき、選挙後は客席をハラハラさせるヤンチャ坊主を木の葉のかわりに各地へと送り込む。

その裏で、たとえば障害者団体が強力に反対していた「障害者自立支援法」が可決成立したりしているのである（十月三十一日）。木の葉作戦、大成功だ。

流行語大賞の表彰式に招かれた自民党の武部幹事長は、

「小泉劇場を小泉オペラにまで盛り上げていきたい」

と上機嫌で述べたのだそうだ。増長して舞い上がった武部御大はすでに「カモフラージュ」の必要性すら感じなくなっているように見える。権力への擦り寄りと大衆への迎合ぶりを「カモフラージュ」さえしないメディアにも、責任の一端は確実にあろう。自由国民社にもな。

（『DAYS JAPAN』二〇〇六年一月号）

杉村太蔵議員は二〇〇九年八月の総選挙で、北海道一区からの立候補を希望したが、公認が得られず出馬を断念。しかし、政治への野望は捨てきれなかったと見え、二〇一〇年七月の参院選に「たちあがれ日本」から比例代表候補として立候補した。〈公の場に姿を見せるのは昨年の衆院解散時以来。「捲土《けんど》重来を期すぞと胸に秘めてたくさん本を読んで勉強をしてきた。50冊は読破した」と自信に満ちた表情を見せた〉（「スポニチ」二〇一〇年六月八日）そうである。

（二〇一〇年六月）

自衛隊と女帝論

小泉首相の私的諮問機関「皇室典範に関する有識者会議」が、

①女性・女系天皇を認める

②男女を問わず天皇の直系の第一子を優先する

という内容を含む報告書をまとめたのは昨年（二〇〇五年）十一月のことだった。以来、議論がブスブスくすぶっているものの、この件に関して、新聞は一種類のことしかいっていないことがわかった。要するに「議論を尽くせ」と。

小泉首相が今国会に皇室典範改正案を提出すると意欲満々だった二月上旬、各紙の社説が訴えていたのも「議論を尽くせ」だけだった。

そこへ突然ふってわいた二月七日の秋篠宮妃懐妊報道である。これを受けた社説やコラムにはいちように、結論が延びてよかった、みたいな安堵《あんど》感さえ漂っていた。

静かに見守りたい（『朝日新聞』二月八日付社説）

無事な出産をお祈りします（『毎日新聞』二月八日付社説）

ご誕生の日を楽しみに待ちたい（『読売新聞』二月九日付社説）

静かに、無事ご出産をお待ちしたい（『産経新聞』二月九日付「産経抄」）

「議論が必要だ必要だ」という掛け声だけで、議論自体は進まない。それがこの問題の特徴である。女系賛成論者では所功、田原総一朗、女系反対論者では八木秀次、櫻井よしこの各氏が目立つくらいで、キッパリした意見を表明している論者は少ない。

とりわけ興味深いのは女性学やジェンダー論の研究者、いわゆる「フェミニズム」の陣営が、議論の場に出てこないことだろう。フェミニストなら女性・女系天皇に賛成してもよさそうなものなのに、なぜか彼ら彼女らは沈黙を守っている。

単純な理由である。おおかたのフェミニストは、天皇制そのものに反対なのだ。

かくいう私も、それに近い考え方だ。

「このまま行けば、いずれ天皇家も宮家も自然消滅する。皇室典範の作成者がそこまで見通せなかったのだから、もうあきらめて天皇制がフェイドアウトする日を待ったら？」と。

皇室典範の改正とは天皇制を存続させるための議論なのだから「天皇制はいらない」という立場に立てば、男系か女系かを問うこと自体がナンセンスなのだ。

ただ、ふと思ったのである。これって自衛隊の存続論に似ているよなあ、と。もっといえば、自衛隊に反対していた五五年体制下の日本社会党の態度に似ている。

「非武装中立」をかかげ「安保体制打破」「自衛隊違憲」を党是とする旧社会党は、自衛隊の存在自体を認めなかった。存在を認めないから具体的な議論も避け、七〇年代、八〇年代を通じて、結果的に軍備の拡張を許した。野党第一党としてのシビリアンコントロールの責任を放棄した、と非難されても仕方がない。

「天皇制に反対」という理由で皇室典範改正論議に傍観を決め込むのも、それに似たところがある。自衛隊にせよ天皇制にせよ、それをつぶすために正面きって戦う気がないのなら、ベストでなくてもベターな道を探るべきかもしれないのだ。

で、皇室典範に話をもどせば、有識者会議が出した結論が「まだマシ」なのである。

この議論はもっか「男系優先」か「女系容認」かで戦わされている。しかし、秋篠宮妃の懐妊で、にわかにイメージがクリアになったことがある。この問題のもうひとつの焦点は、「男系優先」か「直系優先」か、なのだ。現在の皇室典範は戦前の旧民法における「長男の家督相続」に近い。そして長男とは「長子」と「男子」という二つの要素が合体した存在だ。「長子」と「男子」のどちらかならば、長子のほうがマシでしょう。

各紙にも、この際ひと言いっときたい。秋篠宮妃の懐妊後は模様ながめに徹している君たちも、五年前、皇太子妃の懐妊発表の直後には、いっせいに女性天皇を支持したんだぜ。二〇〇一年五月の社説で各紙がどう書いていたか、念のため、日付順に再録しておく。

小泉内閣に五人の閣僚が誕生したように、男女が共に国や社会を担っていく時代である。それだけに女性天皇への道を開くのは当然である。（『産経新聞』五月十一日付社説）

女性の社会進出がめざましい今日、（皇室典範への）疑問が生じるのは当然で、見直しの議論も必要だろう。（『毎日新聞』五月十四日付社説）

憲法は男女平等を定めている。それに基づき、女性にも選挙権が認められた。女性天皇に反対する根拠は、もはや説得力をもち得なくなっている。（『朝日新聞』五月十五日付社説）

男女平等から「男女共同参画」へと社会も進んでいる。見直しの動きは時宜を得たものというべきだ。（『読売新聞』五月十六日付社説）

このとき各社が掲げていた「男女平等」とか「男女共同参画」とかはタテマエにすぎなかったってことですね。皇室典範の改正にあんなに意欲満々だった小泉首相は、秋篠宮妃の懐妊を受け、改正案をあっさりと引っ込めた。新聞の論調も、朝令暮改の首相にそっくり。（『DAYS JAPAN』二〇〇六年四月号）

というわけで、二〇〇六年九月六日、秋篠宮家に男児が誕生したとたん、皇室典範改正論議は先送りの見通しが強まり、「あー男の子でよかった」という安堵感と祝賀感がみちみちる中、各紙の社説はまた微妙に論調を変えた。はい、ではその翌日の社説をどうぞ。

男子が誕生した以上、現行の順位をくつがえすような皇室典範の改正は現実的ではあるまい。（『朝日新聞』九月七日付社説）

男子誕生という新しい事態を受け、これまでの論議を白紙に戻して考えるべきだろう。（『産経新聞』九月七日付社説）

皇位継承の見通しが立ち、何十年もの時間的余裕ができた今こそ、皇室典範改正の是非を論じるべきではないか。（『毎日新聞』九月七日付社説）

そう結論を急ぐ必要はなくなったが、積みかさねてきた論議をうち切ってはなるまい。（『読売新聞』九月七日付社説）

二月の時点で、この問題の焦点は「男子」か「長子」かであり、どちらかといえば「長子がマシだ」と私は思ったのだったが、そんなことはだれも気にとめていず、「男子」であることが結局はそんなにも重要だったのねという感じである。とりわけ『朝日』と『産経』のでのひらを返したような態度は注目に値しよう。そんなわけで私は再び傍観に転じることにした。このまま「男系男子」に皇位継承者を限定すれば、敬宮愛子内親王もめでたく降嫁し、やがて皇太子家も各宮家も途絶え、悠仁親王以外の皇位継承者はいなくなる。そして天皇制は自然消滅。それもいいんじゃないですか？

（二〇〇七年一月）

「愛」「国」「心」の怪

四月二十八日、教育基本法の改正案がついに国会に提出された。

二〇〇三年三月に中教審が「新しい時代にふさわしい教育基本法の在り方」という答申を出してから三年目。「愛国心」をめぐってもめにもめ、ようやく与党内の合意に達した改正案。問題の言葉は第二条（教育の目標）の中に次のような形で盛り込まれた。〈伝統と文化を尊重し、それらをはぐくんできた我が国と郷土を愛するとともに、他国を尊重し、国際社会の平和と発展に寄与する態度を養うこと〉

なんだかよくわからねえなあ、というのが率直な感想である。

が、報道によると、この文言に落ち着くまでには七十回もの協議が行われたのだそうだ。当初「国を愛する心」という表現を主張していた自民党は、「国を大切にする」を主張する公明党に配慮して「我が国」と「郷土」を併記、「他国を尊重」の文言も入れ、「心」を「態度」に変えるなどの妥協をはかったのだという。何かもう、禅問答のようである。

「愛国心」で紛糾したとはいえ、まさか文字通り「愛」「国」「心」という文字のレベルでの攻防戦だったとは。「心」をあきらめ「愛」を守った自民党。「愛」をあきらめ「心」は捨てさせた公明党。「国」は互いに歩み寄り「我が」と「郷土」を足したって、あ、あのさあ……。

国語の試験問題にでも出したらいいんじゃないだろうか。

【問1】次の語句の違いを説明しなさい。

①「愛する」と「大切にする」

②「国」と「我が国」

③「心」と「態度」

与党の国会議員全員に、ぜひとも答案を書いていただきたい。

あまりにバカバカしいので、各紙社説もそれぞれの立場でいらだっている。

愛国心を教えることを否定的にとらえる国など、日本以外にない。戦後の平和国家としての歩みを見ても、わが国が「戦前の教育」に戻る可能性は、微塵《みじん》もない。

（『読売新聞』二〇〇六年四月十三日付社説）

「愛国心」の表現で、これだけもめる国は、おそらく日本だけだろう。愛国心は、どの国の国民も当然持っているものだ。そして、愛国者であることは最大の誇りとされる。

（『産経新聞』四月十四日付社説）

「国を愛する」ことは自発的な心の動きであり、愛し方は人によってさまざまなはずだ。法律で定めれば、このように国を愛せ、と画一的に教えることにならないか。それが心配だ。

（『朝日新聞』四月十四日付社説）

自民党文教族らの本音はあくまでも「愛国心」であり、表現をいかに工夫しようとも、国民には小手先の修正としか映らないのではないか。

（『毎日新聞』四月十四日付社説）

『読売』は怒っているが、戦前に戻る可能性は「微塵もない」といいきる、その自信はどこから来るのかふしぎである。「戦後の平和国家としての歩み」は、平和憲法と教育基本法が愛国心を押し付けなかったためかもしれないという可能性は、万が一にも考えないのだろうか。

『読売』の二番煎じみたいなことを書いている『産経』の社説もふしぎな文章だ。「最大の誇り」とはだれにとっての「誇り」なのか。

そして「心配だ」と及び腰で憂えている『朝日』。こういうときにピシャッといえず、オロオロするだけなのは、いまやこの新聞のお家芸である。

責任を「国民」に転嫁している点を除けば、唯一まともだったのが『毎日』だろうか。ともあれ、こうして見てくると、与党がせっかくなしとげた「愛」と「国」と「心」

の分離作戦も功を奏さず、各紙とも結局は「愛国心」を論じているのである。
そんな風にすぐ見破られるごまかしまでして教育基本法に「愛」「国」「心」を入れたがる、その「心」こそ謎である。「愛」が不足しているなら別ですよ。日本人がだれも税金を払わないとか、連日暴動が起きているとか。でも、日本に「愛」は足りている。WBCで優勝した王ジャパンにあれだけ熱狂した「国」民に「愛」が不足しているか？だいたい「愛」は押し付けられたら、その時点で冷めるって知らないのかな。そんなことは女性誌の恋愛特集にだって大昔から書いてあるのに。

（『DAYS JAPAN』二〇〇六年六月号）

二〇〇六年十二月十五日、与党の強行採決によって、くだんの一文を盛り込んだ改正教育基本法は可決成立した。先の【問1】の解答として「心」と「態度」のちがいを述べておけば、心は外からは読めないが、態度は目で見てチェックできるということがある。「態度」は「心」よりタチが悪いということだ。

（二〇〇七年一月）

第3章

少数派の言い分

抗菌グッズなんかいらない

朝シャンが流行したり、口臭スプレーなどのデオドラント商品が次々と発売されたのは、八〇年代の終わりごろだっただろうか。潔癖症候群とも称すべき強迫的な「キレイ好き」の流行は、以前ほど話題にはならなくなった。だが、ああいう意識や習慣が消えたわけではない。むしろ当たり前の習慣、光景として定着したと見るべきなのだろう。

ひとつの証拠が「抗菌」という表示を施した生活用品の数々である。スーパーマーケットを歩いてみると、あるわあるわ抗菌加工グッズ。

まず台所用品。まな板やおたまじゃくしなどのプラスチック製品には、必ずといっていいほど抗菌表示がある。それから身体に直接ふれる物。歯ブラシはいうに及ばず、ヘアブラシ、ヘアピン、安全かみそり、みんな抗菌表示つき。こんなものを抗菌加工するのは難しかろうと思う布製品などは「抗菌ケース入り」だったり「抗菌包装」だったりする。

抗菌、けっこうなことじゃないかと思うかもしれないが、私は素直に歓迎できない。人間関係の中にも「抗菌観念」が入り込んではいないかと心配になるからだ。

先日もそれを強烈に感じた新聞報道があった。一昨年（一九九六年）、大阪府堺市で起こった大腸菌O－157騒動。あのとき感染した子どもの一家が地域の中で暮らしていけなくなり、転居せざるを得なくなったという内容。子どもがいじめにあうだけでなく、近所のお母さんに、

「お宅のお子さんがプールに行くのはいつ？」

と聞かれたりする、やんわりとした差別がまかり通っているという。

ひどい話！　だけれども、こういうことは以前にもあった。ひとつの例がかつてのエイズ差別だろう。キスしたくらいじゃエイズは感染しません、ということをなぜあんなにしつこくキャンペーンしなければならなかったのか。忘れたとはいわせない。

伝染病者に対する差別は、いつの時代にもあっただろう。でも、抗菌観念の日常生活への浸透は、その状況にいっそう拍車をかけているんじゃないか。

まな板や歯ブラシを清潔に保つには、抗菌加工云々よりも熱湯消毒で十分なのだ。っていうかそれが一番有効なはずなのだ。いくら抗菌加工をしたまな板でも、使った後に洗わないでしまってもいいなんて話は、聞いたことがないし。

半面、自然界の有害物質に対する私たちの警戒心は、自己防衛しなければならなかった昔に比べるとかなり薄れている。グルメブーム以降、何でも生で食べる癖がつき、川魚まで釣りたてを刺し身で食べるのが旨いといいだす人もいる始末。川魚の生食はやめ

たほうがいいと思いますよ。どんなに釣りたてで新鮮でも、魚に鱗はつきもの、淡水魚に寄生虫はつきものだ。

川魚は生で食べても、まな板には抗菌を求める、このアンバランス！　Ｏ－１５７事件自体、そういう警戒心が薄れたことが、原因のひとつだったのではないか。

抗菌という概念は、有害無害にかかわらず、異質物をあらかじめ排除する思想である。生活が豊かになり、衛生観念が普及した分、洟水《はなみず》をたらしてる子やバッチイ服を着てる子はまったくといっていいほど見かけなくなった。逆にいうと、少しでも異質なところがある子どもは（もちろん大人も）、異物として排除されやすいということである。

人間の身体なんて、もともと雑菌だらけなのである。多少のバイ菌ごときでガタガタ騒ぐんじゃねえよ、と「ばいきんまん」のような気持ちで私は考えるのである。

（『新潟日報』一九九八年十一月十二日）

マイナーな趣味

石原慎太郎が東京都知事になった。知事としての手腕は未知数だが、わずかに一条の光明を見いだすなら、おかげで純文学業界に平和と活気が戻るかもしれない。

一九九五年に代議士を辞職、古巣の文学界に返り咲いた石原先生は、新人作家の二大登竜門である芥川賞と三島賞の両選考委員をなぜか兼任し、小説に実験的な手法をもちこむ若手作家をなにくれとなく抑圧してきた。選評を読む限り、権力の座に返り咲いた浦島太郎の風情である。ほかの選考委員も乙姫様やタイやヒラメの舞い踊りかもしれないが、彼が都知事になって両賞の選考委員をしりぞいてくださるなら（ついでに全員揃って勇退してくださってもいい）、それだけでも文化に対する貢献というものだわ、あぁ、よかった。

しかし世の中、甘くはない。『週刊文春』一九九九年四月二十二日号に載った談話。

〈芥川賞選考委員をはじめ、作家活動も可能な限り続けるつもりだ〉

うっそー。それはないでしょ、新都知事！

これをいうとオールド文学ファンは怒るかもしれないが、純文学はいまや少数のマニアのためのマイナーな趣味である。一部を除けば、純文学系の本は千部単位でしか売れない。しかし、ある意味それで十分ともいえる。たとえ読者の少ない「マイナーな趣味」でもそれが存続していればいいわけで、難解な小説を愛好する少数の人々に、外野が「そんなものの何がおもしろいんだ」と文句をたれる権利はない。むしろもともと「マイナーな趣味」なのに、昔のままの権威だけが形骸化して残っているのが誤解のもとなのだ。

さて、ここまでは、じつはまえおきである。今回の都知事選にからんでもうひとつ、「それはないでしょ」な発言を見つけてしまったのだった。次点に入った鳩山邦夫氏が蝶の収集家であることを指して、ああ、まだいるんですね、こういうことをいう人が。

変質者の代名詞のような蝶のコレクターの鳩山邦夫　（『噂の真相』一九九九年五月号）

鳩山さんは、チョウのコレクターなんでしょ。ハト派が売り物らしいけど、チョウをピンで刺すような人って、優しい人間だとは思えない。

（『朝日新聞』一九九九年四月七日）

前のは佐高信氏のコラムの一部、後のはピーコ氏の談話である。

べつだん鳩山邦夫の肩をもつ気はないけれど、「蝶のコレクター＝変質者」という認識の仕方はステレオタイプなうえに、しかもまちがっている。いわば「インディアン＝頭の皮を剝《は》ぐ人」のレベルに近い。おそらくは蝶の収集家が女を誘拐監禁するウイリアム・ワイラー監督の映画『コレクター』、あるいはTBSのヒットドラマ「ずっとあなたが好きだった」の「冬彦さん」あたりのイメージがどこかに残っているのだろう。「変質者」のイメージを補強する道具として「蝶のコレクター」はくりかえし利用されてきた。大新聞が「心ないマニアが自然を荒らしている」という、じつは無根拠な記事をよく載せるのも影響しているかもしれない。

そんなわけだから当の「コレクター」は迫害にはもう慣れっこで、「なぜ自分たち虫屋は差別されるか」がエッセイのまたとないネタになっているほどだ。

> 虫屋が嫌われ迫害されることの根底に、（略）その対象である虫自身の形態の気味悪さがあるとすれば、その気味の悪いものをいじる人間が嫌がられるのはまあ当然のようなものである。役に立たぬ、いかがわしい趣味《ホビー》にふける者に猜疑心や不信感が向けられるのだ。
> （奥本大三郎『虫の宇宙誌』青土社、一九八一）

なぜメディアは「マニア」を罪人呼ばわりするか。その理由も考察の対象になっている。

まずマニアは完全な少数者であって、多数派になることは決してないこと。（略）一つはマニアを非難している限り、その非難が我身にふりかかってくる危険はないこと、一つはマニアの求める貴重な昆虫類はマニアが非常な少数者であるという理由により（略）資本主義経済には露ほどの打撃もないこと。

（池田清彦『昆虫のパンセ』青土社、一九九二）


佐高氏のコラムによれば、かつて石原慎太郎はおすぎとピーコに向かって、

「オレはナマコとオカマは大嫌いだ」

と放言したそうである。もし事実なら由々しきことだが、しかし、

「変質者の代名詞のような蝶のコレクター」

という虫愛好家に対する決めつけも、それに近いところがある。

池田氏がいうように、世の中には公然と迫害してもいいことになっている人たちがまだいる、のである。性的マイノリティ、新興宗教の信者、いかがわしげな趣味人。

ちなみに昆虫標本をピンで刺すのは、それが快感だからでも楽しいからでもない（当たり前です）。あれは壊れやすい標本を手にとって観察したり、標本箱に保管するための手段なのだ。興味のない人には、そんなのどうだっていいだろうけど。

というような話をすると、読者がとたんにスーッと引くことを、私はいままでの経験から知っている。斎藤の文化ネタには乗ってくれても、虫や自然の話になると急に反応が鈍くなる。

「なぜそんな変態趣味にこだわるの。もっと高級な文化の話をしましょうよ」

というわけだ。

マイノリティはかくも理解されにくく、ゆえに迫害は続く。

差別問題には高い見識をお持ちの佐高氏、幾多の偏見と闘ってこられたであろうピーコ氏までが、辛口のつもりでステレオタイプな決めつけに走る。社会的な影響力の強いお二人には「趣味で人を迫害しないで」とこの場でお願いしておこう。


（『世界』一九九九年六月号）

昆虫採集はその後の昆虫ブームなどもあり、一時ほどの「迫害」は見られなくなった。だからといって単純に喜んでばかりもいられないのが困ったところなのだが（この件に関しては一九〇ページも参照のこと）。

（二〇一〇年五月）

地名のトリック

一九九九年九月三十日、茨城県東海村のウラン加工施設でまさかの臨界事故が起きた。

「ほーら、いわんこっちゃない。あたし（おれ）は二十年も前から警告していたんだからね」

と思った人は意外に多いのではないだろうか。

原発問題に私がちょっと興味を持つようになったのは一九八一～八二年。社会人になった直後である。いま思うと、七九年の米国スリーマイル島の事故などもあり、あの時期は「第一次反原発ブーム」だったのだ。私も関連書籍を片っ端から買いこむ一方、週に一度、仕事を終えた後、某市民グループが主催する反原発講座なるものに通った。グループの主宰者は後に社民党の国会議員になった保坂展人氏で（当時、彼はまだ二十六、七歳くらいだったはずだけれども、すでにカリスマ活動家っぽいオーラを放っていた）、初回の講師は『東京に原発を！』（ＪＩＣＣ出版局、一九八一）で一躍有名になったノンフィクション作家の広瀬隆氏だった。

初回の参加者（学生や若い社会人が多かった）の自己紹介が忘れられない。

「ぼくの実家は静岡県の浜岡町なんで、事故が起きるとヤバいんです」

「うちの実家も福井で敦賀《つるが》湾に面してるんで、原発はひとごとではありません」

わっ、すげえ。みんな当事者だったのか。

興味本位で参加しているのは私だけかと小さくなりつつ、ハタと気づいた。

あれ、ちょっと待てよ？　私の実家も新潟市のはずれにあるのではなかったか。そうだよ。巻原発の建設予定地に隣接してるんじゃん。ってことは、私も半ば当事者か！

「反原発じゃ！」と盛り上がっていた当時からこのていたらく。後はおして知るべしである。一九八六年のチェルノブイリ事故で大騒ぎしたのを最後に、私の反原発熱は冷めてしまった。いまでも東京電力への支払いはなるべく滞るように努力（？）しているが、抵抗といったらそのくらい。臨界事故のニュースにもそう驚かない自分に驚いた。

ところで最近、原発にからむ耳よりなニュースを聞きつけた。

故郷に近い、その巻原発計画がおもしろいことになっているらしいのだ。

新潟県の巻町といえば、原発推進派町長のリコール運動にはじまり、町長選のやり直し、原発反対派町長の当選、住民投票の実現と、全国の注目を浴びた町である。

住民投票によって六割が原発建設にノーと答えたのが一九九六年。それからあっという間に三年がたち、来年（二〇〇〇年）一月には再び町長選がめぐってくる。しかし、町民の間には「もう原発は終わった」との空気が広がり、四月の町議選でも町長派は原発を争点にできずに敗北。笹口孝明町長も次は負けるとの下馬評がもっぱらであったらしい。

そこで町長、任期中の置きみやげにと最後の手段に出た。原発建設予定地であった町有地の一部を、町長権限で原発反対派町民に売却してしまったのである。予定地の十パーセントにも満たない面積とはいえ、問題の土地は施設の中心に予定されていた重要な部分であり、東北電力には手痛いダメージである。この話を町長が会見で明らかにしたのが九月二日のこと。『新潟日報』九月三日の朝刊では、当然一面トップ扱いである。

なぜこんなにおもしろいニュースが東京には伝わってこないのだろう。

探してみたら、ありました全国紙にも。社会面の片隅に小っちゃくね。

笹口町長のやり方も、強引といえば強引である。手続き上の不備はなかったというものの、ことが水面下で進められ、寝耳に水の発表だったため、原発反対派の中にさえ「事後報告はないだろう」との批判が上がっていたという。しかし、笹口町長はそもそも原発建設阻止（だけ？）を公約に当選したのだ、手段を選ばずやるのは当然だろう。それにしても巻町住民、あの手この手でよく闘うよねえ。いや、隣町ながらあっぱれじゃ。

と、ここまで考えて、ふとわれに返ったのだった。

「巻」原発とはいうけれど、それははたして「隣町」の出来事なのか。

東海村の臨界事故を思いおこせば、そうした行政的な区分には何の意味もないことがわかる。今度の事故で屋内退避要請が出された半径十キロ圏内の地域は、那珂《なか》町、日立市、ひたちなか市など全部で九市町村におよぶ。実際、ニュースに出てくる地図を見れば、臨界事故があったジェー・シー・オーの施設は、東海村の村役場より隣の那珂町に近い。いったん事故がおこれば、市町村なんか軽々ととびこえるのが原子力事故。巻町に話を戻せば、そこは新潟市のベッドタウン。被害が新潟市全域におよぶのは必至である。

そういうことは頭ではわかっていても、「巻」原発、「東海村」の事故、といわれると、非常に狭い地域の話、周辺地域には「隣町」や「対岸」の話に思えてくる。今度の事故でも東海村、東海村と連呼されたおかげで、「東海村の事故」のイメージが補強されてしまった。

できるだけ小さな範囲に限定した名前をつけたがる――もしかしてこれは「地名のトリック」というものではないか。天災のときは「伊勢湾」台風とか、「阪神淡路」大地震とか、広い範囲をカバーする名前になるのに。

そうなのだ。一般の「地名のトリック」は逆なのだ。三多摩《さんたま》のはずれにあっても「東京支社」というがごとし。みんなメジャーな地名を名のりたがる。ところが原子力関連施設だけは逆で、わざと狭い地域に限定されたマイナーな地名を名のりたがるのだ。

原発の地元あるいは原発阻止闘争を闘っている方々に提案したい。運動の一環として呼び方をあえて変えてみたらどうだろう。巻原発ではなく新潟原発、東海村原子力関連施設ではなく茨城原子力関連施設、六ヶ所村核再処理施設ではなく青森核再処理施設。そう呼べば私のようなトンチンカンは減り、当事者意識をもつ行政区や住民が少しは増えるにちがいない。

（『世界』一九九九年十二月号）

文中にいうアクロバティックな手法が奏効したのか、翌二〇〇〇年一月の選挙で笹口町長は再選され、問題の土地売却問題で起こされた訴訟も二〇〇三年十二月には町長側が勝利。同月、東北電力は巻原発建設計画を正式に断念した。十二月二十四日に流れたこのニュースは、中央のメディアではイラクへの自衛隊派遣問題に押されてやや影が薄れてしまったものの、およそ三十年がかりの住民運動の勝利である。本来ならばもっと盛大に騒いでもいい事件だった。なお所期の目的を達成した笹口さんは「家業（の酒造業）に専念したい」という理由で二〇〇四年の町長選には出馬せず、また巻町は二〇〇五年十月、隣接する新潟市と合併した。が、合併の是非に関しても住民投票を行うなど、最後まで巻の住民パワーは健在だった。

（二〇〇七年一月）

総力戦とエコロジー

知識人の戦争責任や、大衆の戦争協力については、漠然と知っているつもりでいた。しかし、戦時体制下の婦人雑誌（『主婦之友』『婦人倶楽部』『婦人之友』のたぐいです）をまとめ読みし、ああ、そういうことだったのかと思った。いまとあまりに「ちがう」からではない。あまりに「同じ」だったのだ。

大新聞や総合雑誌とちがい、婦人雑誌は衣食住のちまちました情報が主役である。大上段に戦争協力をあおるような記事がメインではない。だが、それだけに、どこかで見たような気がする広告や実用記事や主婦の活動レポートのオンパレードなのである。

我が家の節米が国の経済と直接に関係があることを総ての主婦はもっと深く自覚しなければなりません。（『婦人之友』一九四〇年八月号・原文は旧字旧仮名）

この禁令は、一般の人に今まで持っていたものの使用まで禁じたわけではありませんが、製造や販売を禁止された以上は、使用も差控えるのが、銃後の国民として当然の心構えではないでしょうか。（『主婦之友』一九四〇年十二月号・同前）

こんな前文ではじまる記事の内容は「節米料理の工夫」だったり「金銀糸入り衣類の脱光法」だったりするのだが、予想を裏切って、節約・倹約・贅沢《ぜいたく》の廃止などを説く右のような記事は、いずれも前向きなタッチで妙に明るい。

「ぜいたくは敵だ」の看板に一文字足して「ぜいたくは素敵だ」に変えてしまった不届き者がいた、というエピソードが流布しているくらいである。当時の人々は贅沢禁止のムードをさぞやうっとうしく感じていたのだろうと私たちは想像する。だが、実態はそうでもない。人々はむしろ使命感に燃え、嬉々として、節約に努め、不要品の回収に精を出し、あるいはパーマネントや華美な服装を戒めている風なのだ。チャラチャラした風俗に文句をいいたい「良識派」はいつの時代にもいる。一九三七（昭和十二）年の国民精神総動員運動（精動運動）や一九四〇（昭和十五）年の奢侈《しゃし》品等製造販売制限規則（七・七禁令）は、昭和初期の軽薄なファッションにいらだっていた人たちに「待ってました」の大義名分を与えたのではなかったろうか。

ところで、問題は戦時中ではなく現在だ。当時の「総力戦体制」に相当する現代の大義名分、だれも反対できない社会正義はなんだろうと考えると……たぶん「あれ」でしょうね。あれですよあれ。地球環境保護運動、エコロジーである。

といった途端に反論の雨が降ってくるにちがいない。あちらは侵略戦争の片棒担ぎ、こちらは地球の命運を左右する大問題、どこが同じなのか、と。

だからね、その異論を挟めぬ雰囲気、だれも疑いを持たない感じが「似ている」のだ。いまどき「環境保護運動なんかやめてしまえ」と発言したら、見識を疑われ、時代錯誤扱いされるだろう。だから、企業も自治体もそれをイメージアップに利用する。姿勢だけでも環境にやさしいところをアピールしておけば、いまはひとまず合格なのだ。

これを援用すると、六十年前に、識者も大衆もメディアもいっせいに「戦争協力」に流れた理由が、そう、「実感として」つかめるのだ。

戦中の人々にとっての「総力戦体制」は、現代の「地球環境保護」同様、是非を検討する余地もないほどの大前提、絶対的な社会正義として君臨していた。何も考えていなくても、いや考えていないからこそ、前提にはだれも疑いの目をむけず、総論不在のまま各論としての倹約や贅沢廃止運動や勤労奉仕が自己目的化し、一人歩きしはじめたのではなかったか。

総力戦体制＝環境保護という見立てで、もうひとつ気になるのは、思想的なリーダー、運動の推進者が「意識の高い女性」を中心としたグループだった点である。

八〇年代以降の女性史研究は、市川房枝、平塚らいてう、羽仁もと子ら女性知識人の戦争協力を明るみに出した。しかし私は、自分を棚にあげて彼女たちの「戦争責任」を指弾する気にはとてもなれない。こういう人にはいつも先端の思想にのって社会正義を追求し、女性の社会参加を促す癖がついている。戦中は翼賛体制が、戦後は反戦平和思想が彼女たちの正義だった。いまもご存命なら、みなさん環境保護運動の先頭に立っていただろう。

この際だからいっちゃうが、リサイクルだダイオキシンだ地球温暖化だと活発に活動している団体に、国防婦人会に通じるノリがまったくないと断言できる？　識者がひとりひとりの意識改革をいい、市民は善意の奉仕活動に励み、何もしない怠け者でさえ後ろめたさを感じる。国じゅうが同じお題目を唱える構図が、まさに総力戦。

環境保護問題を考えずに暮らすことは、もう不可能だろう。が、個別の案件がこの先どう展開するか、いまは未知の部分も少なくない。それが先進諸国のエゴイズムと結託して第三世界を抑圧しているのは事実だし、今後、環境と人権が対立するような事態が生じた場合、環境保護の名のもとに人権の剝奪《はくだつ》が進まないという保証もない。

いつの日か、二十世紀末〜二十一世紀初頭の「環境ファシズム」の問い直しがはじまったとしたら、私たちはまた「歴史の過ち」を反省し、だれかの「エコ協力」や「エコ責任」を追及するのだろうか。

（『世界』二〇〇〇年三月号）

繁華街の栄枯盛衰

パソコンゲームの初期の名作に「シムシティ」というのがある。何もない荒野のような土地に、道をつけ、発電所を建てて送電線を引き、住宅地や商業地を整備してやると、どこからか住民が移住してき、勝手に家を建てて暮らしはじめる。開発そのものはプレーヤーの手にかかっているものの、ある程度までくると放っておいても町の景色が次々変わる。問題がなければ人口が増え、建物は近代化し、どんどん町は発展する。しかし、ひとたび事件や事故が起こって対策を怠ると、たちまち人は減り、町は荒廃する。

発売されたのは十年くらい前だっただろうか。パソコンをつけっ放しで外出し、帰ってくると町が思いがけなく発展していたり、もののみごとに崩壊していたり。そのたびにほくそ笑んだり復旧に精を出したり。どっちにしても仕事はそっちのけでしたね。

ところで、私の仕事場は東京の渋谷にある。この不景気にもめげず、渋谷はいま再開発の真っ最中だ。おそらくバブルのさなかに計画されたのであろう。駅の周辺にわずかに残っていた「おじさんのサンクチュアリ」ともいうべき戦後闇市風の区画がいつのまにか取り壊され、巨大なビルが続々建設中である。渋谷のこの十五年ばかりを思い返すと、まるで「シムシティ」を見ているようで、現実感てものがない。

パルコや109などのファッションビルができて渋谷の繁華街としての相貌が整ったのは一九七〇年代のことだが、細かいスケールで観察すると、十年以上前から残っている物件はきわめて少ない。バブルのころにおしゃれな店が急増し、不景気になった途端に消滅した。

いまはまだ辛うじて、渋谷はおしゃれな若者の町ということになっているものの、実態はただただ騒々しいだけのコドモの町だ。ちょっとはずれまで歩くと、これもバブルのころに建ったインテリジェンスビルが並んでいるが、「貸室あり」「空室あり」の張り紙だらけ。家賃が高いだけで、もはやさしたる魅力はないのだろう。

実際、おしゃれだったはずの町が一気に荒廃した例がある。六本木だ。八〇年代まで、六本木は大人っぽいトレンディーな町として知られていた。それがいまでは見る影もない。「オッパイもみ放題でっせ」なんていう、ここに書くのもはばかられるような風俗店の呼び込みが表通りにまであふれ、風紀の悪さは新宿の歌舞伎町以上かと思うほど。

ここ十〜十五年で大きく変わった町といえば、もちろん新潟市の中心部もそうだろう。これは発展というべきなのだろうけれど、新潟駅周辺の再開発にともなう万代《ばんだい》シテイ付近の変わりようは目を見張るばかり。一方、かつてあんなににぎわっていた古町商店街は人影もまばらで、新聞紙がヒューと寂しく風に舞っている（私が行った日がたまたまそういうお天気だったせいかもしれない。古町のみなさん、まちがってたらごめんなさい)。
人が暮らしている以上、町が変化するのは当然の現象ではあるものの、こうした繁華街の変転は、焼き畑農業を思い出させる。都市の資源をとことん消費し尽くし、使いものにならなくなったところで捨て、新天地を求めて流行がまた次の町に移動する。そうやって、おしゃれな町から猥雑な町・荒廃した町へとイメージダウンしていった場所は数しれない。池袋、新宿、原宿、そして六本木。たぶんもうすぐ渋谷。古町は大丈夫か。万代シテイはいつまで持つか。
これが「シムシティ」なら、十五分もあれば復旧できるんですけれどもね。

(『新潟日報』一九九八年十二月十日)

地方都市のいわゆる「シャッター商店街現象」は、二〇〇〇年の大規模小売店舗立地法の施行で拍車がかかったといわれるが(それで郊外に大型ショッピングモールが増加した)、思えばこのころからじわじわと進行していたのである。ちなみに文中に出てくる「古町商店街」とは新潟市の旧市街に位置する古くからの繁華街だが、現在はさらにシャッター化が進んでいる。渋谷のイメージダウンもその後、着々と進行し、「おしゃれな町」の座は代官山に譲りわたした。一方、このころ最悪だった六本木は中心エリアをずらして大規模な再開発が行われたが、そうなったらなったで、斎藤はまたまたケチをつけるわけである（次項参照）。

（二〇〇七年一月）

かつて新潟市一番の繁華街だった古町商店街の衰退はその後さらに進み、二〇一〇年六月二十五日には大和百貨店新潟店（一九四三年開店）が閉店。また、同年一月には、商店街の一等地に店をかまえる老舗の書店・北光社（一八九八年創業）が廃業した。政令指定都市になったら発展するんじゃなかったのかい、と新潟市長はじめ全国各地の自治体の長および地方政治家には問いたい。

（二〇一〇年五月）

「丘」の陰謀

いまどき都市の再開発にイチャモンをつけるのは、ダサいことなんだろうか。まあダサいんでしょうね。少なくともババくさくはある。でも、いうぞ。

私の仕事場は渋谷の端に位置していて、六本木まではなんとか歩ける距離にある。急ぐときはタクシーに乗ることもあるけれど、いずれにしても都心に向かうには六本木を経由することになる。それが四月二十五日以来、急げなくなった。

「お客さん、六本木通りを抜けるのは容易じゃないっすよ。青山通りに出ますか？」

原因はあの六本木ヒルズ。総面積一一・六ヘクタール。東京ドーム八個分の広さのなかに、オフィス棟、住宅棟、ホテル、ショッピングモール、文化施設等を配置したという、例の「都心の新名所」である。オープン初日の四月二十五日だけで入場者数は三十万人。わずか四日間で百万人を突破したというのだから尋常ではない。

そりゃまあ展望台や飲食店が一時間待ちだろうが、行列が百メートルできようが、行きたい人は行けばいいと思いますよ。思いますけど、この「名所」の問題点はアクセスがめちゃくちゃ悪いことなのだ。六本木には地下鉄が二本通っているだけで、拡張工事を進めているとはいえ、駅の規模はきわめて小さい。それ以上によろしくないのは道路事情だ。たいして広くもない六本木通りなる道が一本通っているだけで、しかも工事と路上駐車で二車線は使えない。ここに毎日三十万人からの人が押しかけたらどうなるか。いや、この広い敷地内で働く人と、二百店分の物流を入れたらどうなるか。インフラくらい考えてるわと反論されるだろうけれど、この一画は上水道も下水道もパイプ詰まりを起こした水洗トイレを連想させる。

いったんそんな風に思いはじめると、すべてがアホらしく見えてくるからいけない。六本木ヒルズの公式ウェブサイトなど、もう苦笑せずには読めませぬ。

東京は、ニューヨークやロンドン、パリと肩を並べる国際都市であるにもかかわらず、都市文化の成熟度においては、大きく遅れをとっていると言わざるを得ません。東京に「文化」の核をつくり、日本を代表する「文化都心」を創出するために計画されたのが「六本木ヒルズ」です。

なにが「文化都心」の創出じゃ。森ビルのおっさんにそんなこといわれたかないね。不動産業者を低く見る気はないけれど、都市だの文化だのと大風呂敷なことを、どうも本気で考えているらしいあたりが、大手不動産業者のうさん臭い点なのだ。

ここで気になるのが「ヒルズ」という名称である。「六本木ヒルズ」や「アークヒルズ」など「ヒルズ」は森ビルの登録商標っぽいけれども、これに似た地名なら日本各地に点在している。「××ヶ丘」というやつだ。緑ヶ丘、光ヶ丘、星ヶ丘、旭ヶ丘、ひばりヶ丘、桜ヶ丘、松ヶ丘、つつじヶ丘、藤ヶ丘、百合ヶ丘、自由ヶ丘、希望ヶ丘……。ご存じのように、「××ヶ丘」の多くは、戦後、郊外の分譲住宅地を売り出すためにつけられた地名である。私たちは緑に恵まれた「丘＝ヒル」のイメージに弱いのだ。「丘」に象徴される郊外の住宅地はしかし、近年さまざまな問題が顕在化している場所でもある。遠距離通勤の夫、家庭に閉じこめられた妻、陰影のない街で育つ子どもたち。幸福の象徴であったはずの「丘」が家族に与える影響については、随所で指摘されているところ。

このように人工的に造成された、郊外の住宅地を私はある名称で呼び習わしている。すなわち「へっぽこヶ丘」。

かくいう私自身も地方都市の「へっぽこヶ丘」で育った口ではあるのだが、「へっぽこヶ丘」に住んでると、環境が平板すぎて休日をもて余す。どこでもいいから丘の外に脱出したくなるのである。どこへ？　そう、たとえば六本木ヒルズへだ。

無根拠な憶測ではあるけれど、オープン早々「都心の新名所」に繰り出した百万人のほとんどは「へっぽこヶ丘」の住人ではないかと私はにらんでいる。郊外の「丘」から都心の「丘」に遊びに行く。これもなんだか不動産会社の陰謀くさい。六本木の「丘＝ヒルズ」にはすばらしいことに住宅棟もある。一か月の家賃は六十万〜百五十万円。怒れ「ヶ丘」の住人！　これを階級差というのだよ。

（『言語』二〇〇三年七月号）

六本木の交通事情は駅の整備などが進んで（訪れる観光客も減って？）一時より解消はされた。そしてふと気がつけば、六本木ヒルズはＩＴ長者らがオフィスと住居を構える場所として有名になり、「ヒルズ族」なる言葉も生まれた。まさに「階級差の象徴」になってしまうとは、わかりやすすぎる展開なり。

（二〇〇七年一月）

六本木ヒルズのイメージはその後いちじるしく転落し、テナントとして入っていた有名店は続々撤退、いくつかの事件の舞台になったこともあり、住居棟に住むのも恥ずかしい感じになってきた。「おしゃれな新名所」の寿命はかくも短い。六本木ミッドタウンや表参道ヒルズもいつまで持つか。

（二〇一〇年五月）

上野と東京のトポロジー

詩と批評の雑誌『ユリイカ』六月号（二〇〇四年）が「鉄道と日本人」という特集を組んでいて、旧国鉄時代のことをあれこれと思い出した。

たとえば上野駅と東京駅の対比である。上野駅に特別な感慨を抱くのは東日本人に固有の感情だといわれる。上野駅が東北日本への発着駅だからだけれども、では西日本への発着駅である東京駅に西日本人が特別な感情を抱くかとなると、たぶん上野ほどではない。端的にいって、上野駅のイメージが陰なら、東京駅のそれは陽なのだ。

この差はいったいなんだろう。

よくいわれるのは、背負ってくる（捨ててくる？）文化のちがいだ。東北本線や常磐線など上野駅から発着する列車は、高度経済成長期には「金の卵」を乗せた集団就職列車として有名だった。あるいは出稼ぎ労働者を運ぶ列車だった。つまり東北日本は貧しかった。

「〽上野発の夜行列車降りたときから青森駅は雪の中」

と歌う「津軽海峡・冬景色」（作詞・阿久悠）じゃないけれど「北へ帰る人の群はだ

れも無口で」だったのである。

東京駅にその哀しみはない。こっちのイメージソングは、たとえば「木綿のハンカチーフ」（作詞・松本隆）である。

「〽恋人よ僕は旅立つ東へと向かう列車で」

というくらいで、この歌の主人公はたぶん東海道線で西から東へと移動してくる西日本人だ。同じ上京組でも、この男は「華やいだ町で君への贈り物探すつもりだ」ったりして、なんとはなしに明るくノーテンキである。一旗揚げてやろう系の匂いがする。

とはいえ実際の列車に乗ってみると、この差は単にルートの問題だったような気もしてくる。上野駅と東京駅とでは、アプローチの景観がまるでちがうのだ。

上越新幹線が開通する前、私が「特急とき」で何度となく往復した上越線も、上野発着組である以上、やはり陰だった。大宮を過ぎ、浦和を過ぎ、赤羽にさしかかるあたりから、民家や工場が密集し、空気が灰色によどんでくる。いわゆる黄害対策で急行ではトイレの使用も禁止され、

「ああ、これが東京か……」

と思うと気持ちまでどんよりしてくる。

一方これが東海道線だと、横浜を過ぎ、川崎を過ぎ、多摩川を越えて都内に入ると、品川のビル街から列車は一気に東京駅へとすべりこむ。田園からいきなり大都市へ。明

るく開けたそこは、

「おお、これが東京か！」

の気分をいやが上にも盛り上げる。

この差は大きいでしょう、やはり。

というような二つの駅の特質も、八二年に東北・上越両新幹線が開通し、九一年に両新幹線が東京駅に乗り入れるようになってからは完全に失われた。

『ユリイカ』には鉄道ファンである原武史さんと関川夏央さんの対談も載っていて、JR東日本は新幹線の敷設にばかり熱心で鉄道への愛が足りないとしきりにこぼしている。

「特急とき」新潟－上野間の四時間は長かったけど旅情はあった。この夏は列車の旅などいかが？

（『新潟日報』二〇〇四年七月十七日）

寅次郎と水戸黄門

新しいことを尊ぶ習慣のあるこの国では「マンネリ」といわれたらもう終わり、みたいなところがある。しかし、マンネリズムも長く続けば一種の文化遺産と化すわけで、要はそこまで我慢できるかどうかが問題かもしれない。

さて、ニッポンが誇る国民的なマンネリズムドラマといえば「男はつらいよ」と「水戸黄門」である。この二つには大きなちがいがあるのだが、どこかおわかりだろうか。

解答は後まわしにして「男はつらいよ」、「フーテンの寅次郎」の話をちょっとしたい。

一九六九年から一九九五年まで二十六年間、作品数にして四十八作を数えるというこのシリーズの全部なんか、もちろん私は見ていない。お正月ごとに新作が披露される形式もばかばかしいと思っていたし、いまだに葛飾柴又を訪れる観光客が絶えないという話も信じられない。それでも別の映画を見にいったときに同時上映していたとか、深夜のテレビで放映していたとか、スキー場へ行く夜行バスの中のビデオで見たとかで、日本に住んでいればだれでも十作くらいは見ちゃっているのが国民的と名がつくものの特質である。

たまたま私が見ちゃった中で、鮮明に覚えているのは第十作目に当たる『男はつらいよ・寅次郎夢枕』、八千草薫がマドンナをやってた回である。

寅次郎がとらやに帰ってみると、見知らぬ男が二階に居候している。東大助教授の岡倉先生である。米倉斉加年演じるこの岡倉先生ってのが秀逸で、この人は一日中、本ばかり読んでいるという設定なのだ。細かい描写は忘れたが、牛乳瓶の底のごとき眼鏡をかけた岡倉先生は、本を読みながら家の中を歩く（ので柱に頭をぶつける）、本を読みながらメシを食う（ので芋の煮っころがしを箸で取り損ねる）といったあんばいで、見ちゃいられないキャラクターなのだ。この岡倉先生が八千草薫（扮《ふん》する美容師のお千代坊）に恋をする。ところが彼は恋愛経験がないものだから、自分が病気だと思いこみ、とらやの二階で寝込んでしまう。――と、これが大まかなストーリー。落語の「崇徳《すとく》院《いん》」もかくやの恋わずらいだ。

しかし、笑っている場合ではない。ここに描かれた岡倉先生は、じつにみごとな「インテリゲンチャのカリカチュア」になっているのだ。葛飾柴又に観光旅行に行くような善男善女の目に「本読む人」はこういう風に見えているんだ……。

『言語』なんか読んでるあなたは、もちろん完璧に岡倉先生の一族である。自分が他人からどう見えているかを知るためだけにも、『男はつらいよ・寅次郎夢枕』は見たほうがいい。私はしょせん一介のフリーランサーだからいいけれど、大学に籍なんかあったらもう大変よ。本読みながらメシ食う人と思われているわよ、きっと。

しかし、「男はつらいよ」は四十八作で打ち止めになってしまった。理由はもちろん主演の渥美清の死、である。このシリーズが永遠のマンネリズムを全うできなかった原因は、俳優・渥美清の個性に頼りすぎていた点だと思う。

「水戸黄門」とのちがいもじつはそれ。映画『男はつらいよ』と同じ一九六九年にスタートしたドラマ「水戸黄門」は、初代の東野英治郎から現在の里見浩太朗まで、主演俳優を何人も取り替えながら、いまなお放映中である。

「フーテンの寅次郎」だって、適当なところで主演交代の手を打てば、少なくとも藤原紀香で一本、松嶋菜々子で一本、松たか子で一本は新作ができたはずで、しかし、さすがにこの世代となると、仮に渥美清が存命であったとしても、従来通りの失恋劇には無理がある。だから、やっぱり早めに手を打つべきだったのだ。「００７」だって、そうやって生き延びてきたんだし。

こんなことをいうのもマンネリ劇の価値を認めていればこそ。ずーっと変わらぬばかばかしいものがあり続けているというのは、けっこう大事なことではなかろうか。ただ、部分的な改変を認めないとマンネリズムも全うできない。その意味でいまヤバイのは「水戸黄門」の由美かおるかも。いつまでこの人の入浴シーンを見せるのか。だれも選手交代を考えないのか。

（『言語』二〇〇三年十月号）

由美かおるは二〇一〇年放映の第四十一部を最後に『水戸黄門』を降板することが決まった。長い間、ごくろうさまでした。（二〇一〇年五月）

「彼」を復活させる法

「あの『男はつらいよ』も最初は意外と社会派だった」

と友人がいうのである。そういわれればそうなのか。

四十八作もあるシリーズの第一作目『男はつらいよ』は、寅次郎の失恋劇であると同時に、さくら（倍賞千恵子）と博（前田吟）の結婚劇だ。

博の父は北海道大学の名誉教授だが、エリートコースに乗るのを彼は嫌って家を出、タコ社長に拾われて印刷工になった。一方、さくらは丸の内の大手電機メーカーに勤めるOLで、子会社の社長に息子の嫁にと見込まれたりもするのだが、そっちはフッて（というか寅次郎に見合いをめちゃくちゃにされて）印刷工の博と結婚するのである。

その過程で、博ら隣の印刷工場で働く青年たちに寅次郎はいい放つ。

「あいつは大学出のサラリーマンと結婚させるんだ。菜っ葉服の職工には高嶺の花だ」

ホワイトカラーとブルーカラーに色分けされた階層社会。ともにエリートへの道を拒否した博とさくらには、戦後の学歴社会を批判する視点があるというのである。

しかしまあ、それを「社会派」といったら吉本新喜劇だって全部「社会派」になるわけで（往年の新喜劇はなべてこの手の結婚ドタバタ劇だった）、そりゃあ寅次郎自体が学歴社会への批判を体現した存在ではあるし、山田洋次も「意外と社会派」な監督ではあるにせよ、それ以上の政治的なメッセージ性をここから汲《く》みとるのは無理があろう。この映画は「社会派」じゃなく、あえていうなら「庶民派」なのだ。

『男はつらいよ』が公開されたのは一九六九年。ハリウッドはアメリカン・ニューシネマの全盛期であり、『イージー・ライダー』や『真夜中のカーボーイ』が誕生した年である。寅さん同様、カタギの社会をドロップアウトした風来坊の物語である点に時代的な符合を感じないではないものの、しかし、寅次郎に反逆の意志はなく、「とらや」の周辺にベトナム反戦運動の影などは毛ほどもない。「男はつらいよ」は東映任侠《にんきよう》映画のパロディだという話も聞くが、当時の学生運動の闘士たちが支持したのは任侠映画のほうだった。

戦後六十年をふりかえった雑誌インタビューで、山田洋次監督は、「渥美清さんみたいな俳優がいれば、また「寅さん」をつくりたい」という主旨の発言をしている（『論座』二〇〇五年九月号）。だったらつくればいいんですよね。そう、渥美清なしで。たとえば「スター・ウォーズ」の向こうを張った車寅次郎の前史を。

年齢不詳の寅さんは、同じ六九年の『続・男はつらいよ』で「三十八年生きてきて」

と何度も口にする。彼は一九三一（昭和六）年生まれの戦中派なのだ（ちなみに山田洋次も同じ三一年生まれ）。敗戦の翌年、十五歳で家を出た寅次郎。軍国主義の時代を背景に少年・寅次郎をあのままのチャランポランさで描けたら、庶民派を超えた「意外な社会派」にも、場合によっては「反戦映画」にもなりそうな気がする。ファンが許せばですけれど。

（『ＮＥＷ・映画と私　ＶＯＬ．７』二〇〇五年十二月）

日本人民民主主義共和国

こないだ本の整理をしていて、六年も前に出た小説を読みかえしてしまった。矢作俊彦『あ・じゃ・ぱん』。これは東経一三九度で日本列島が分断されていたら、という設定の物語なのだ。東西日本は「千里の長城」と呼ばれる壁で仕切られ、西側は大阪に政府をおく資本主義国＝大日本国。東側は東京を首都とする社会主義国＝日本人民民主主義共和国。

一九四五年にアメリカが誤って富士山の火口に原爆を投下し、おかげで富士山が噴火・消滅。天皇が終戦を宣言するも時すでにおそく、ソ連軍が新潟に、米軍が博多にそれぞれ侵攻してきてこうなったという偽史までついた、まあムチャクチャなお話である。六年前、私はこれを批評性に満ちた爆笑小説として読み、新聞に短い書評も書いた。いまもその印象に変わりはないが、こんどはときに笑いがひきつる。微妙に居心地が悪いのだ。

一九九七年の時点で、この設定から想起できるのは東欧だった。ベルリンの壁の崩壊からすでに十年弱が経過していたとはいえ、壁の崩壊はむしろ歴史の好転を示す記憶であり、小説も単純にワハハと笑って読んでいればそれでよかった。

しかしいま、大日本国、日本人民民主主義共和国と聞けば、いやでも朝鮮半島に意識が向く。いや、もともとこの小説自体、南北朝鮮を意識して書かれたのだろうし、六年前だって分断された半島情勢にいささかも変わりはなかった。ただ、世間の気分も私の意識も、現在ほどには朝鮮民主主義人民共和国モードになっていなかったのである。

二〇〇二年の九月十七日以降、メディアの北朝鮮報道は以前とは比較にならぬほど増えた。連日テレビで流される「北朝鮮はこんなにひどい独裁国家」という報道を見ていると、こちらも非常に居心地が悪い。ファシズム下の天皇制国家、戦前の大日本帝国を連想させられる。ちょっと前には日本だってああだったくせに……。

『あ・じゃ・ぱん』における東西日本の国境線、東経一三九度線は新潟県のど真ん中を通っている。新潟市から清水峠を経由して、高崎、大月、箱根、伊豆半島へというルートである。

この小説には、田中角栄と名乗る東日本の反政府ゲリラなんかも登場する。彼は越後湯沢の山中にあるアジト（ただしそれは豪邸のよう）で四十年も闘っている。そこには壁の抜け穴があるのだ。そして、たとえばこんな記述がつづく。

〈新潟では、《壁》を突破し脱出する者を、ある種の畏怖を込めて《越山者》と呼んでいる〉

物語では、大地震が起きて箱根の芦ノ湖付近の壁が崩れ、それを機に東から西へ人がどっと流れて統一に向かうという筋書きをとるのだが、現実のほうはそう簡単にはいくまい。ただ、情動に流された強硬論だけが一人歩きするのはまずいだろう。もしかしたら日本だってと考えることは頭を冷やす機会になる。ブラックユーモアも、ときには必要なのだ。

（『新潟日報』二〇〇三年九月二十日）

流行語と誤解力

連休明けのぼやけた頭に活を入れるためにクイズをやってみたい。
次の語句の意味を説明しなさい。
(1) 老人力
(2) バカの壁
(3) 負け犬
ご存じとは思うけど、これらはすべてベストセラーになった書籍のタイトルから流行した語で、発案者はそれぞれ赤瀬川原平氏、養老孟司氏、酒井順子氏である。

手近な何人かに聞いてみたところ、まさかとは思ったが、やっぱりこんな答えが返ってきた。
(1) 老いてますます軒昂《けんこう》な老人パワーのこと。
(2) 世の中に立ちはだかるバカな人々の群れ。
(3) 三十歳すぎても結婚できない女の蔑称《べっしょう》。
知っていただけマシともいえるけれども、答えはすべて×である。正しくは、

（1）加齢による衰えを肯定的にとらえた語。物忘れがひどいことなどを「老人力がついた」という。

（2）理解力の限界のこと。どんな天才もすべてを理解できない以上、バカの壁は全員の頭の中にある。

「老人力」も「バカの壁」も世の価値観を逆手にとった逆転の発想、一種の言葉遊びなのだ。「老人力」は一九九八年、「バカの壁」は二〇〇三年の新語・流行語大賞のベストテンにも入ったのに、おそるべき「誤解力」。同じく逆転の発想で、

（3）三十歳すぎた独身貴族の女性を肯定的かつ自己批評的にとらえた語。負けるが勝ちの意味を含む。

とわかっている人がどのくらいいるのだろうか。いっちゃなんだが、日ごろ「美しい日本語」を提唱し「言葉の乱れ」を嘆くようなタイプの人ほど誤解力も高い気がする。「ジェンダーフリー」を「性別をなくすこと」と短絡的に受け取るのも、「自己責任」を「国に迷惑をかけないこと」と勘違いするのもタチの悪い誤解力。

酒井順子『負け犬の遠吠え』（講談社）は二十万部という。負け犬が「蔑称」として定着する前に、自分の中のバカの壁を、みなさまも認識してください。

（『朝日新聞』夕刊二〇〇四年五月八日）

「バカの壁」「負け犬」にも匹敵するその後の誤解力の例をあげれば、二〇〇九年の流行語大賞のトップテンにもなった「草食男子」だろう。「覇気のない男子」というネガティブなイメージでとらえられているが、もともとは、こだわりのない男子というプラスイメージだったのである。詳しくは深澤真紀『草食男子世代—平成男子図鑑』（光文社知恵の森文庫）を参照のこと。

（二〇一〇年五月）

十月のイベント

十月三十一日が何の日か、ご存じだろうか。

答えを明かせば、ハロウィーン。お菓子屋さんやお花屋さんの店頭は、もっかこいつにちなんだカボチャのディスプレーでいっぱいである。

でも、私の勘だと、日付まで知っている日本人は一割以下じゃないかと思う。クリスマスやバレンタインデーの認知度に比べると、えらいちがいである。

私がハロウィーンというものを知ったのは、チャーリー・ブラウンやスヌーピーが活躍するマンガ、チャールズ・M・シュルツの「ピーナッツ・ブック」でだった。毛布を手放せないあのライナスが、ハロウィーンのカボチャ大王を信じているため、みんなにバカにされるのである。もっともそれ以上のことは知らなかったし興味もなかったんだけど。

調べてみると、古代ケルトに起源を持つ悪霊を追い出す祭だとか、死者の霊が家に帰る日だとか、万聖節というキリスト教の祭日の前夜祭だとか、いろんなことが書いてある。

しかし、そういわれてもピンとこない。ちょっと見、宗教行事っぽくもあるけれど、日本で発行されているキリスト教のカレンダーの十月三十一日の欄には特に何も書かれていず、ハロウィーンは要するにアメリカの民間行事ということらしい。

どうりで、いまいち普及しないわけである。

こんなものをわざわざ祝う必然性が日本にはないからな。カボチャの面をかぶって騒ぐまでもなく、悪霊を追い出すのなら節分の豆まきで十分。死者の霊が帰ってくる日はお盆だし、仮装願望は七五三や正月の和装で満たされる。クリスマスやバレンタインデー並みのイベントに仕立てたい人は、ウソでもいいから何か恋愛がらみのネタを考えないと。

と、ここまで書いて気がついた。十月三十一日はそれでいいとして、じゃあ十月二十一日が何の日か知っている人が、いまはどのくらいいるのだろう。10・21はいわずと知れた（といっちゃうが）国際反戦デーである。だが、二日前にそれで盛り上がった気配はない。こっちのイベントこそ復活させてもいいような気がするんだけど。

（『朝日新聞』夕刊二〇〇四年十月二十三日）

国際反戦デーとは、一九六六年十月二十一日、北ベトナムへの米軍の爆撃に抗議して、当時の総評が世界的な反戦ストライキを呼びかけたのが発端という。一九六八年の十月二十一日には全国の集会やデモに数十万人が結集し、一部の活動家に騒擾罪《そうじよう》が適用された。現在も国際反戦デーを記念したイベントは各地で開かれていて、右の文では「盛り上がった気配はない」と書いたけれども、二〇〇四年、二〇〇五年にも、イラク戦争に反対する平和集会やさまざまな抗議行動が全国各地で行われていたようだ。ただまあそれが「一部の人の日」であるのもまた事実。せめてハロウィーンほどの認知度があったらどうだっただろうという話である。

（二〇〇七年一月）

ハロウィーンもその後かなり普及し、幼稚園から若者たちの間まで徐々に「季節の行事」になりつつある。まだファミリー行事にまでは昇格していないが、ま、イベントであればなんでもよろし、ということであろう。

（二〇一〇年五月）

NTTとNHK

「あーよかった、やっとつながった。何があったんですか、斎藤さん」

電話の相手に問い詰められた。面目ないです。料金を滞納して通話を止められたのでした。それだけの話とはいえ、未払いに気づくまでの間、テープで流れる呪いの文句が意味深なのだ。

「お客様のおかけになった電話は都合によりただいま通話ができなくなっております」

こんな文言を聞いたことのある人は希《まれ》だから、「都合により」とは何かとあらぬ想像をかきたてるらしい。いまどき公共料金を口座振替にしていない人間が（しかも支払いを忘れる人間が）いるとはだれも思わないでしょうし。

しかし、こういうアナクロニズムな公共料金生活を送っていると、ときどき発見もある。

「都合により」とかいっているけど、NTTはお客の都合にも、料金の徴収にも、じつはもっとも執着心の薄い公共サービス機関である。

東京電力と東京ガスは係員が集金に来てくれるし、原則として窓口での支払いのみの東京都水道局も、督促状を届けにきたか元栓を止めにきた局員をつかまえれば、「今回だけですよ」などといいながら一応料金は受け取ってくれる。つまりマンツーマン式の集金方法だと、ライフラインがストップする前に、交渉の余地が生まれるのだ。

その点、ＮＴＴの職員が通話料の徴収に現れたことは一度もない。それで通話をすぐ止める。むろん料金を払わないほうが悪いに決まってはいるが、それって冷たくないですか。ひとり暮らしのお年寄りなんて、集金のほうが便利かもしれないのに。

そう考えると、ＮＴＴの対極にあるのがＮＨＫの受信料だろう。

ＮＨＫではいまだに集金員が活躍している。その上、鷹揚《おうよう》というか杜撰《ずさん》というか、たとえ受信料が未払いでも、見たければ見られるのがＮＨＫなのである。これがＮＴＴ方式だったら、受信料支払い拒否の動きはここまで加速したろうか。

たとえば受信料未払い世帯では、テレビをつけるとこんなテロップが流れる。

「お客様のおつけになった受像器は都合によりただいまＮＨＫは映らなくなっております」

それでもべつだん困らないけど。ＮＨＫのニュースも最近はどうせあまり見てないし。

（『朝日新聞』夕刊二〇〇五年二月十九日）

＝

ＮＨＫの訪問集金制度は二〇〇八年九月で廃止され、口座振替、クレジットカード払い、金融機関やコンビニでの支払いのいずれかを選んで支払う方針が示された。ちなみに右の記事は、プロデューサーによる制作費の不正支出事件をきっかけに、ＮＨＫのさまざまな不祥事が明るみに出た後に書かれたもの。二〇〇五年一月には当時の海老沢勝二会長が辞任したが、多額の退職金が支払われたことなども報道されてＮＨＫへの逆風は収まらず、抗議の意味で受信料を払わない人が続出したのである。（二〇一〇年五月）

バイト語とオフィス語

『文藝春秋』二〇〇三年十二月号で、フリーアナウンサーの梶原しげる氏が、新手の「バイト語」をクサしていた。ガソリンスタンドで、

「ハイオクで大丈夫だったでしょうか？」

と聞かれたのがお気にさわったらしい。

まず「だったでしょうか？」という過去形が変。これは「〜でよろしかったでしょうか？」と同様のマニュアル言葉であるという。次に「大丈夫」が変。「大丈夫？」は本来重い意味なのに「いかが？」と軽くすすめる代わりにつかっている。おかげでレギュラーを入れたかったのに、思わず「大丈夫です」と答えてしまったではないかっ！

こういうのを逆恨み、ないし八つ当たりという。「ハイオクで大丈夫？」と聞かれ、天ぷら油を入れられたとかなら別だけど、「大丈夫です」と答えたのは自分なんだから人の言葉づかいのせいにするのはお門違いってものだろう。

ついでにお勉強をさせていただこうと思い、その梶原さんの『口のきき方』（新潮新書）も読んでみたけど、これに類する「〜になります」「〜のほう」「〜円からお預かり

します」等の「現代用語の非常識」をクサしまくった本だった。

まー、お気持ちはよくわかります。しかし、私はこの種の「バイト語バッシング」に同調する気にはあまりなれない。ひとつは彼らの陰にこもったやり方ね。言葉づかいにうるさい人は、どうしてよそで文句をいうんだろう。嫌ならその場で処理すればいいわけで、そうしないのは自らコミュニケーションを拒絶しているに等しいんじゃないか。

先日、ある居酒屋でのこと。例によってバイト君が、

「こちら、あん肝になります」

ってなせりふとともに皿を置いて立ち去ろうとすると、友人がすかさず口を挟んだ。

「え、ちょっと待って。いつまで待つの？」

「はい？」

「あん肝になりますっていうことは、いまはまだなってないってことでしょう？　で、いつまで待つと、あん肝になるのかなと思って」

こういうことをニコニコしながらいうヤツも相当イヤミな客だと思うが、バイト君は意外に素直で、一瞬の沈黙の後「あ、そうですよねえ。変ですよねえ」といい、アハハと笑いながら「今度から気をつけまーす」と頭をかきつつ下がっていった。

もちろんこのコも裏では、いま変なババアに因縁つけられちゃってさあ、と仲間に報告したりするのかもしれないが、見ていた私はなるほどと思った。後でエッセイに書く

くらいなら、あっちだって人間なのだ、その場で指摘してやればよいのである。

もうひとつ気になるのは、非難の矛先がファミレスやコンビニなどのバイト君、つまり低賃金不安定雇用の現場労働者に集中している点である。そりゃあバイト君も接客業である以上、言葉づかいは大切だろう。しかし、サービス業にふさわしいパーフェクトな言葉づかいを求めるなら、それ相応の待遇改善もしていただかないとねえ。

だいいち、じゃあオフィスワーカーの「オフィス語」はどうなのよ。彼らホワイトカラーの正規雇用者は、バイト君より頭を使っているといえるのか。たとえば、

「いつもお世話になっております」

という電話の応対。あのロボットみたいな応対は、みんな平気なんですかね。はじめて電話した先で名前を名乗った途端、自動的に「お世話になっております」と返されたときの困惑。

「え、べつにお世話はしてませんけど」

「はい？」

「だからお世話はしてません。それとも私、御社と以前に何かかかわりがありました？」

「…………」

これは意地悪でもなんでもなく、本当に不思議だったから素直に質問してみただけな

のだが、マニュアル以外のことをいわれた相手は、必ず絶句する。あと、

「どちらの斎藤様ですか？」

っていうのも何とかしてほしい。

「どちらって何ですか？　住所をいえと？」

「いえ、あの所属を……」

「無所属の斎藤ですけど。いけませんか？」

こうなると、ほんとにただのイヤミなババアだが、「どちらの斎藤様」に比べたら
「こちらあん肝」のほうがなんぼかマシだ。

オフィスでもいっそバイト語で電話応対をしてみたらどうだろう。

「ご注文、くり返させていただきます。編集部の柴田でよろしかったでしょうか？」

そして、電話に出た人はこう名乗る。

「こちら、柴田のほうになります」

案外ウケるかも。ウケねえか。梶原さんは怒るでしょうね。


（『言語』二〇〇四年二月号）

あとで考えてみると、オフィスで電話をとる人も「ホワイトカラーの正規雇用者」とは限らず、非正規雇用の派遣労働者が多くなっているのかもしれない。だとすると、言葉づかい

の問題はなおさら労働問題だということになろう。余談ながら文中の「柴田」さんとは『言語』の編集者だった女性。この原稿を送った直後、すかさず彼女は「こちら、柴田のほうになります」というメールをくれた。

（二〇〇七年一月）

第4章

子どもと学校の周辺

石臼とペン立て

本の編集をしてきた立場でいうと、子どもはエディター泣かせの客である。予備知識のないおサル同然の状態。つまらなくても頑張って読み通そう、なんて殊勝なところもまったくない。

そんな彼らの気持ちをつかんでこっちへ向かせ、おしまいのページまで連れてゆくためには、あの手この手のテクニックが必要になる。

アナロジー、すなわち比喩や見立てを総動員して複雑な身体のしくみをわかりやすく噛《か》み砕く、なんていうのはもっとも常套的な手口といえるだろう。

「血管は体じゅうにはりめぐらされたハイウェイだ。そこには赤血球のトラックが走り回ってて、細胞というおうち一軒一軒に、酸素という荷物を届け、二酸化炭素というゴミを集めているんだよ。あとハイウェイには白血球というパトロール隊がいてね……」

みたいな説明の仕方。もちろんこんな文章は書きません。ちゃんと道路の上をトラックが走り回る絵をつけ、荷物（酸素）とゴミ（二酸化炭素）の交換のもようも図解するのである。

しかし、見立てがいつも有効とは限らない。中にはないほうがマシな比喩もある。その件で、いつも私が思い出すのは「石臼・ペン立て・蝶番《ちょうつがい》」だ。いったいなんのことでしょう。じつはこれ、人体の関節のしくみを教えるときに、子どもの本で伝統的に使い倒されてきた比喩なのだ。

石臼とは粉をひくときなどに使うゴリゴリと回して使うあの石臼で、平たい円筒状の骨がつみかさなった首の骨の関節（平面関節）の説明に用いる。

ドアの蝶番はわかるよね。これは肘《ひじ》や膝《ひざ》の関節（蝶番関節）だ。

ペン立てとは、その昔、役所や銀行のカウンターなどによく置いてあったでしょ、小さなボールの上に逆さまのキャップがついた、三百六十度ぐるぐる回る、あの古めかしいペン立てのこと。肩や腿《もも》のつけ根の関節（球関節）がこれだという。

これらの比喩はたしかにまちがってはいないのだ。だが、「肩の関節はペン立てみたいにぐるぐる回る関節だ」と教えられても、子どもはますます混乱するだけだろう。石臼・ペン立て・蝶番に無理があるのは、特殊なもの（関節）を、特殊なもの（子どもの暮らしに関係のないもの）を使って説明しようとしている点である。たぶん誰かが医学書か何かから引いてきて、子ども向けの人体の本で代々流用されてきたのだろう。

でも、石臼の比喩を使うためには、石臼の説明からはじめなければならない。

その轍《てつ》を踏みたくないばかりに、石臼・ペン立て・蝶番に代わる案はないかと、私は三日三晩、真剣に考えた。いまの子どもの暮らしの中にありそうなものをである。

結局、妙案は出てこず、アナロジー作戦はあきらめて、しくみを図解するだけにした。

いまから思えば、それで十分だったような気もする。関節は、なんたって外からもさわれる貴重な人体の部位である。妙ちきりんなペン立てなどに頼る前に、自分の肩をぐるぐる回してみればいいのである。

（『青少年問題研究』一九九七年三月号）

「石臼、ペン立て、蝶番」のトリオはさすがにその後改訂された子ども向けの人体図鑑からは姿を消した。

（二〇一〇年五月）

孵化と羽化

虫を変な隠喩に使ったために、虫に対する無頓着（無知？）が露呈してしまうことがある。

たとえば村上龍『コインロッカー・ベイビーズ』（講談社文庫）に出てくるこんな一文。

銀色の塊りが視界を被う。巨大なさなぎが孵化するだろう。夏の柔らかな箱で眠る赤ん坊達が紡ぎ続けたガラスと鉄とコンクリートのさなぎが一斉に孵化するだろう。

なんとも思いませんか。これはね、「孵化《ふか》」の使い方が変なのだ。

「孵化」とは卵から（幼虫が）かえること。さなぎから（成虫が）出てくるのは「孵化」ではなくて「羽化」である。ここは『コインロッカー・ベイビーズ』も終盤の見せ場、超重要な場面なのに、なんたること！　もっともこの小説は虫のメタファーが多く、その前でとっくに「僕の中で羽を持った虫が孵化した」りしてもいるのだが。

重箱の隅をほじくるようだけれども、「さなぎが孵化」とは「万葉集の俳句」といっているのに近い。それが平気で通用してしまうのは、日本語が乱れているとかではなく、「たかが虫ごとき」には頓着しない人が文学業界には多いせいだろう。

これが昆虫業界だったら大変である。小学生にもバカにされる。

先日、日本昆虫協会が主催する「夏休み昆虫研究大賞」の応募作品を見る機会があった。コンクールの惹句は「君こそ未来のファーブルだ!」。なーんだ子どもの自由研究かと思われるだろうけれど、どっこいこれが、侮りがたい大作・快作・力作ぞろい。小学生のレベルの高さを改めて思い知らされたのだった。

たとえば、一年生のときから四年間「エサのアリマキさがしに苦ろうし」ながらテントウムシと苦楽を共にしてきた少年がいる。彼は今年、百三十九頭(虫は一匹二匹ではなく一頭二頭と数えるのが通っぽい)のナミテントウを「羽化」させて、羽の模様のバリエーションを調べた(東京都・小学四年・上垣内瑞貴「てんとう虫を大研究」)。同じ種類のテントウムシでも模様はいろいろだということさえ、知らなかった人もいるのではないだろうか?

あるいは、アリジゴク(ウスバカゲロウの幼虫)との親密なつきあいに、一年生と二年生のふた夏をたっぷりあてた小学生もいる。アリジゴクという虫の実態を明らかにすべく、彼は大人が逆立ちしても思いつきそうもないユニークな実験を繰り広げ、並いる昆虫研究者をあっといわせた（山口県・小学三年・河村隆道「ありじごくⅠ・Ⅱ」）。

今年（一九九六年）は残念ながら大賞はなし、この二編の研究論文が準大賞を射止めたが、集まった作品は大人顔負けの標本の山あり、採集旅行記あり、図画工作ありと多種多彩（ちなみに昆虫と聞くと男の子の印象があるかもしれないけれど、応募者・入賞者とも半分近くは女の子だ）。

そんな昆虫少年・昆虫少女にしてみたら、飼ってる虫の孵化や羽化（子どもたちの書き方では「ふ化」や「う化」）はかけがえのないビッグイベントだ。「さなぎが孵化」なんていってごらんなさい。低学年生からもブーイングが飛んでくるだろう。

この子たちの意識に照らせば、あるいは山田詠美『蝶々の纏足《てんそく》』（河出文庫ほか）というう小説のタイトルなんかも、ミスかギャグと取られる可能性がある。

纏足とは、もちろん女性の足を布で縛って発育をとめる中国の古い風習のことである。けれども、虫の世界で「てんそく」といったら、ふつうは「展足（標本を作るときに脚《あし》の形を整えること）」を指す。ただし、蝶は「展足」はしないで「展翅《てんし》（テープで押さえて翅《はね》の形を整えること）」をするのである。

したがって「蝶々のてんし」ならぬ「蝶々のてんそく」なぞと聞きかじった日には「なんだそれ、おもしれー」、彼らは爆笑さえしかねない。だいいち蝶の足先は、最初から糸の先のほつれ程度の大きさしかない。纏足もしにくかろう。

あっちでは人を酔わせる芸術的な表現が、こっちではお笑いのネタ。それはあらゆる表現行為につきものの軽いリスクだ。その程度のことで小説自体の価値が下がることはもちろんない。『コインロッカー・ベイビーズ』も『蝶々の纏足』も私は好きだし、よい小説だと思っている。ただし、世の中には恐ろしい子どもたちもいる。文学の人たちも虫（の隠喩）をあんまり軽くみないほうがいい。

（『CREA』一九九七年一月号）

さんすうの星

四月はテレビ番組の改編期。今週か来週あたりから、そろそろ新しいニュース番組やドラマがスタートするはずだ。

ところで、そんな華やかな番組とは別に、私が注目している局がある。NHKの教育テレビだ。なーんていうと「教養派ぶっちゃって」といわれそうだが、ちがうちがう。興味の対象は学校教育番組。小学生が学校で見るあれですあれ。平日の真っ昼間からそんなものを見ていられるのはまともな職業人ではない証拠だという説もあるけれど、見はじめるとこれがどうして興味深い。学校教育番組のくせに、みんな妙に民放っぽいのである。

民放っぽさ・その一はバラエティ色だ。たとえ国語や算数の番組でも、着ぐるみの動物やハデハデのお姉さんが出てきて、歌ったり踊ったり騒いだりしなければ気がすまない。

民放っぽさ・その二は登場人物たちの設定である。昨今の教育番組はSFファンタジーが花盛りなのだ。一年生の算数番組「さんすうみつけた」のお姉さんは「さんすうの星」から来た人だし、三年生の社会科番組「このまちだいすき」は遠い星から調査員として派遣された青年が地域社会のようすを調べたリポートを「宇宙アカデミー」に送るスタイル。養護番組「グルグルパックン」では宇宙から来た正義の味方の「ストレッチマン」が怪人をやっつけて子どもたちと勝利のストレッチを行うコーナーが目玉。五・六年生向けの道徳番組「虹色定期便」にいたっては三十世紀の未来から来た少女が主役をつとめるSFチックなストーリーである。この調子で、教育テレビは、いつのまにか宇宙や未来やナントカ星から来た異星人や異界人に占拠され、変身、タイムスリップ、超能力、何でもありの世界になっていたのである。

宇宙・変身・超能力……といえば、いうまでもなく子ども向けの特撮ドラマやアニメの十八番《おはこ》である。それもひとつの文化なのは確かだが、非科学的なSFばかりが、こうも垂れ流されていては、ガリレイもコペルニクスも浮かばれない。オフタイムのアニメやゲームに加えて、学校番組までが「さんすうの星」かよー。

もっとも、こうしたSF迎合主義はテレビだけの特徴でもない。

学習まんがのような児童書の世界でも、少年少女が「博士」の発明したスーパーメカに乗って不思議の国を探検しながら知識を得る、のパターンが早くから確立していた。私もこの手の本をさんざん編集してきたから、あまり大きなことはいえない。

それにしても、なぜこんなことになったのだろう。製作者の側に「子どもたちは宇宙や超能力が大好きだ」という固定観念があるせいか。あるいは、子どもメディアの製作者がすでにアニメ的な宇宙観にどっぷりつかって育った世代であるせいか。

これでは正しい宇宙観を子どもたちがどこで学ぶのかと心配にならないでもないが、宇宙も未来も今となっては陳腐の極み、「子どもだましの記号」にすぎない。子どもたちもそれはとっくにわかっていて「子どもだまし」につき合ってあげているのかもしれない。

三月、異界から来たみなさんは、続々とご自分の星にお帰りになった。そして四月、また別の方々が遠い星から飛来する……のだろうか。見ものです。

（『新潟日報』一九九八年四月二日）


最近この手の番組はからっきし見なくなってしまったのだけれど、長寿番組「虹色定期便」も二〇〇六年三月いっぱいで終了し、教育番組のＳＦブームもひと頃ほどではなくなった。文句をいっているけど、宇宙から来た「シラベルくん」が銚子の街を探索して歩く「このまちだいすき」の第一シリーズ（一九九二年四月～九四年三月放映）なんかは超絶的におもしろかった。要はギャグの質なんです。

（二〇〇七年一月）

自然離れの犯人

そろそろ学校は夏休み。野外での虫捕りやザリガニ捕りの季節である。というのは、しかし昔の子どもたちの話。今の子どもは野外遊びがからっきしダメだ。

「ほーら、カブトムシ」

なんて、ほっぺたにでも近づけようものなら、

「やだよ、やめてよ!」

なにさ、せっかく機嫌をとってやったのに……。

子どもたちの「自然離れ」がいわれて久しい。子どもたちを自然に親しませようと、いろんな企画や書籍が昨今はめじろ押しである。しかし、よく考えてみよう。子どもの自然離れは今にはじまったことでもない。彼らのパパやママにしてからが、すでに自然とのつきあい方を知らない世代だ。大人がそうなんだから、子どもにだけ自然派を期待しても、どだい無理なのだ。

なぜ、現代の子どもたちは自然の中でのびのび遊ばなくなったのか。

そりゃあ、と多くの人はいうだろう。身近に自然がなくなったのが原因でしょうと。

すなわち「環境破壊起因説」あるいは「開発悪者論」である。高度経済成長期以降の開発によって↓環境破壊が進んだために↓子どもたちが遊べる田んぼや森や空き地が減り↓彼らが生き物に親しまなくなった……というおなじみの論法だ。

ところが、だれもが信じて疑わない、この環境破壊起因説、ほんとは大ウソらしいのである。虫捕りのできる自然が残っていないというけれど、あなた、最寄りの神社で昆虫採集したこと、ありますか？ ないでしょう。どんな都市でもあれだけセミがミンミン、ジージー鳴いているのに、セミ捕りしている子どもを見たこと、ありますか？ それもないでしょう。

そうなのだ。子どもの自然離れ、生き物離れは、環境破壊と直接の関係はない。それとは別のところで進行していたのである。

昆虫愛好家の団体「日本昆虫協会」の副会長でもあるドイツ文学者の岡田朝雄氏が、同会の機関誌（『蟲と自然　第1号』一九九三年六月）でドキッとするようなことを書いている。子どもの自然離れの原因は、自然破壊そのものではなく、むしろそれと連動してわき起こった「自然保護」運動とのかかわりのほうが大きい、というのである。

一九七〇年代以降、列島改造論によって開発が進むとともに、「生き物を捕ってはいけません。観察するだけにしましょう」というキャンペーンがはじまった。昆虫採集は「してはいけないこと」にされ、夏休みの自由研究として昆虫標本を認めない地域も出てきた。

子ども時代のことを思い出してみてほしい。「捕らずに見るだけ」の自然観察なんか、いったい何がおもしろいだろう。野外で見つけた虫やカエルを持って帰って飼いたいとゴネ、「かわいそうだから自然に返してあげましょうね」と大人に説得されて泣く泣くあきらめた経験がある人も少なくないのではなかろうか。

捕っちゃダメ、持ち帰って飼っちゃダメの「自然教育」なんか、子どもにとっては何の魅力もない。事実、そのころを境に子どもたちは自然への関心を急速に失っていき、気がつけば虫にもさわれぬ子どもが急増していたというわけだ。

とはいえ、子どもたちに脈がないわけでもない。昆虫や魚の図鑑は今でも子どもに人気だし、カブトムシやクワガタムシはいまだに彼らのヒーローである。問題は、そうしたメディアから入る「情報」と、実物すなわち実際の生き物とが結びつかない点なのだ。

この夏は、子どもたちが実物にふれる機会をぜひつくってほしい。野外で見つけた生き物を、彼らが「捕りたい」「飼いたい」といったら、かなえてやってほしい。デパートで売っているカブトムシを飼うだけでもいい。

えっ、めんどくさい？　容器や餌《えさ》がわからない？　ほらね、それが子どもたちの自然離れの最大の原因なのですよ。わかったかい。

（『新潟日報』一九九八年七月二十三日）

文中にも出てくる日本昆虫協会の地道な活動や、二〇〇三年以降の「ムシキング」ブームの影響などもあり、その後、子どもたちはまた虫に戻ってきた感がある。カブトムシで喜ぶのは小さい子だけで、小学生に人気があるのは圧倒的にクワガタムシだ。自治体の中には独自に採集禁止地区を設けようとしているところもあるものの、子どもが捕ったくらいで虫は減らない。自然に親しむキッカケとして「捕る」「飼う」は有効な手段だと私は相変わらず思っている。

（二〇〇七年一月）

昆虫採集が市民権を得るにしたがって、しかし別の問題も浮上してきた。近年のカブト・クワガタブームによって、外国産昆虫の密輸や盗難、野外への放虫なども問題化。「昆虫減少の最大の原因は開発などによる生息環境の破壊である」という主張は現在も有効だが、環境の悪化によって特定の昆虫の生息数が極端に減っている地域にもまだ採集者があらわれる、といった状況も出現している。昆虫採集にもモラルが必要だと啓蒙しなければならない時代になったようだ。

（二〇一〇年五月）

比率の問題

私ごとで恐縮ながら、先月（一九九八年七月）『紅一点論』という本を上梓《じょうし》した。アニメや特撮ドラマ、そして偉人伝に出てくる女性キャラクターを中心に、戦後の子どもメディアのヒロイン像を分析した評論である。

「紅一点」論というくらいで、この本は「組織における女性の数」の問題から出発している。「ウルトラマン」の科学特捜隊は五人のチームの中で女性隊員が一人。「ウルトラセブン」のウルトラ警備隊も六人のチーム中、女性隊員は一人。この数の不均衡はナニ？　ということが、ずっと気になっていたのである。

それをこの機に考えてみたわけだけれども、ふと思うと、そうした「男女の数の不均衡」を最初に体験したのは高校生のときだった気がする。

私が学んだ県立高校は前身が旧制中学（つまり旧男子校）だったせいか女子が少なく、私が入学した一九七二年当時、女子生徒の数は一学年四百五十名中八十名。一クラス四十五名中、女子は八名だった。二年生以上はなぜか男子だけの「やもめクラス」なるものが四クラスでき、男女混合クラスには女子生徒が十四～十五人という割合になるのだが、いずれにしても男子と女子の比率は五〜六対一。学校の中で女子が少数派だったことに変わりはない。

しかし、大人になったいま、客観的に考えると、ろくなもんじゃありません、五〜六人に女子が一人の「紅一点」的学校生活なんてのは。

まず、この比率だと女子生徒が勘違いする。いつも男子生徒にチヤホヤされる「お姫さま状態」に慣れてしまって、自分がひどくもてるような錯覚を起こすのだ。ましてこの高校は、男子が学生服着用なのに、女子だけ私服。よくも悪くも女を特別扱いする慣例は、体育祭や学園祭における「女子は炊き出し班」「女子は衣装係」といった性別役割分担が平然とまかり通っていたことまで含めて、いかにも田舎の学校でしたね。

この比率は男子生徒のためにもよろしくない。ふだんは男子だけで固まって、都合のいいときだけ女子も仲間に入れてやる。つまり、チヤホヤしつつ排除するというやり方が、この比率なら通用するのだ。その延長線上で、男子生徒が好みの女子生徒を選ぶミスコンまがいの「陰の人気投票」みたいなことが平気で行われていたことも知っているぞ。

そのくらいのことでガタガタいいなさんな、というのは外にいる人の目だ。たくさんの男子生徒と少しの女子生徒で構成された学校は、「男＝見る人／女＝見られる人」「男＝選ぶ人／女＝選ばれる人」という性差別的な関係を固定化する。

そしてつけ加えれば、五～六人に女子が一人という比率は、「ウルトラマン」などアニメや特撮ドラマに出てくる地球防衛チームとまったく同じなのである。余計なことさえ考えなければ、おそらくこれが男女ともにもっとも「居心地がいい比率」なのだろう。理科系の大学や工業高校のように、女子がもっと少なければ「女はいないも同然」となり（それも問題だけど）、逆にもっと多ければ特別扱いや「チヤホヤ」の構図は維持できないだろう。

社会にも「たくさんの男性と少しの女性」でできた場所は珍しくないけれど、十代の多感な時期をすごす学校がそうであるのは、双方のためによろしくない。母校にも最近は女子生徒がかなり増えたと聞く。かつての野蛮な（といっちゃうが）風習は、改善されているでしょうか。

（『新潟日報』一九九八年八月二十日）

くだんの高校の現在の生徒数は一学年約三百五十～四百名で、男女の比率はほぼ半々。市内の高校自体の数も三十数年前とは桁違いに増え、ようすはだいぶ違ってきたようです。

（二〇〇七年一月）

学校のサッチー&ミッチー

遠巻きに眺めているうちに、ついに五ヶ月目に突入したミッチー&サッチー騒動、メディアを騒然とさせている浅香光代と野村沙知代の喧嘩について考えてみたい。

喧嘩といったけれども、図式的には「野村沙知代vsその他大勢」といったほうが正確だろう。テレビのワイドショーで火がついて、女性週刊誌から一般誌や新聞にまで飛び火。最近では「あの騒動は何であるか」の分析に興味はシフトしているようだ。

こういう風景、私はずっと昔にもどこかで見たおぼえがある。どこで？　学校で、である。

最初にミツヨという子が口火を切った。

「サチヨってひどいんだよお。ぜんぜん約束守んなくってさあ、あったま来ちゃったわよお」

ミツヨとサチヨは仲良しに見えていたので、この爆弾発言は、弱虫な子たちを奮い立たせた。勇気百倍というかカサにかかってというか、彼女たちは次々に自分が受けた「被害」について申告しはじめる。

「それじゃ、あたしもいっちゃうわ。あの人ってば、ひとのこと、醜いっていったのよお」

「あらやだっ、そうなの？　信じらんなーい」

「あたしもいわせてもらうわ。前に貸してやった壺さあ、あの人、もらったとかいって返さないんだよ」

「なにそれっ！　何様だと思ってんのかしら」

「ねえ知ってる？　あの人ったら、少年野球の選手を殴ったり蹴《け》ったりしてるんだってよ」

「やっぱりねえ。そういうやつよ、あれは」

当事者がその場で解決できなかった個人的なもめごとが社会を揺るがす大罪であるかのように取り沙汰されたのは、クラスのほとんど全員が、

「だいたいサチヨは威張りすぎよね」

「あたしも前々からムカついてたのよ」

との共通認識をもっていたからである。一度火がついたら、歯止めはきかない。途中で、

「喧嘩はあかんで。仲良くしなはれ」

と割って入ったお調子者の男子生徒は、

「なによ。あんた、サチヨの肩をもつ気？」

とすごまれて退散し、おもしろ半分でサチヨに反論の場を提供した奇特な生徒も、

「バカじゃないの。あんなやつに丸めこまれて」

と一蹴《いっしゅう》され、以来サチヨの援護に回る者は一人もいなくなってしまった。ちょっとでもミツヨ一派への批判めいたこと、サチヨの擁護めいたことを口にしたら最後、「サッチー派」のレッテルを張られ、新たな攻撃の標的にされるのだ。もはや加担か傍観かしか打つ手はない。

いっぽう、「疑惑に答えない」という理由で窮地に追い込まれたサチヨはといえば、隣のクラスに行って「あたしは負けない」と強気の発言などもしていたのであるが、敵の数が膨れ上がり、執拗な罪状探しが続く過程で、隠していた過去まで暴かれてしまった。生徒会の選挙に立候補したこともある彼女の学歴詐称疑惑である。クラスがぜん活気づいたのはいうまでもない。選挙の立候補者は公人であるという好都合な論理のもとに、みなは、

「そこへ出てきて、みんなの前で謝りなさいよ」

というそれまでの要求を、

「生活指導の先生に訴えてちゃんと処分してもらいましょうよ」

に切り替える。かくて、ボス格のミツヨは、教員室に意気揚々と乗り込んでサチヨの

学歴詐称を告発。最初は「生徒同士のもめごと」として相手にしなかった教職員もとうとう動かざるを得なくなった。——これが七月末現在の状況である。

いうまでもない。この騒動は学校のいじめに似ているのだ。教室ならぬメディアを舞台にした「学校のいじめ」。こういうことをいうと、クラスじゅうからいっせいに反発を食らうだろう。

「じゃあじゃあサッチーは悪くないわけ?」

「そうよ。悪いことをやった人は罰を受けてもしょーがないのよ」

そこがいかにも「学校のいじめ」なのだ。いじめには三種類の関わり方がある。

A 積極的な加害

B 傍観を決め込む消極的な加担

C 解決に向かう態度

Bが増えてCが駆逐されたときに、いじめは本格化・泥沼化する。

中学生を対象に、いじめられっ子の属性別の関わり方を調べたアンケート調査がある(正高信男『いじめを許す心理』岩波書店、一九九八)。それによると、いじめられっ子が「肥満」「優等生」だった場合はCを選ぶ子が七割を超える。が、いじめられっ子が「自分勝手」「嘘つき」だった場合のCの比率はわずか三割にすぎなかった。これは正義感の発露でも何でもない。日本のいじめは付和雷同型だ。被害者が「自分勝手」「嘘つき」

だと、いじめは仕方がない（加害＆傍観）という心理が働く。つまり適当な口実があって、自分の行為を正当化でき、大勢がそれに加担しそうなら、いじめは容認されるのだ。「自分勝手」と「嘘つき」はまさに野村沙知代の「属性」であろう。それはみんなに「あんなやつは攻撃してもいいのだ」という口実を与える。

もうひとつのポイントは、彼女自身、最初はいじめ役だったこと。いじめられている子の半数は「いつか仕返ししたい」と考えており、いじめた経験がある子の半数は過去にいじめられた経験があるとの調査報告もある（村山士郎『いじめの世界が見えてきた』大月書店、一九九六）。いじめっ子といじめられっ子は容易に入れ替わるのだ。

現代のいじめは、ムカツキの解消、うさ晴らしの手段といわれる。サッチー叩きに少しでも快感を感じた人は、だから「学校のいじめ」はなかなか解決しないのか……としみじみ思い知るべきだろう。

（『世界』一九九九年九月号）

どうする「かわいい帝国主義」

女性誌はいま、アジアンブームだ。近頃特に流行《はや》っているのはソウルとベトナムで、ママの世代のアンノン族さながらに、雑誌で最新の情報を仕入れたお嬢さんたちが、大挙してかの地に押しよせる。「雑貨が買いたーい」「アオザイが作りたーい」等の物欲はとどまるところを知らず、現地ガイドも大忙し。が、あまりにこんなヤツらばかり押しかけてくるので、ソウルでコーディネーターをやっている知人がある日愚痴った。

「私たちも仕事になるから、べつにいいんですけどね。日本の女の子はどうなってんの？」

「かわいい！」という嬌声《きようせい》とともに雑貨ショップに突撃する彼女らに皮肉のひとつもいってやりたくなる瞬間が、現地で働く人々にはあるというのだ。

「あのう、韓国って日本の植民地だったんですけど……」

「ええっと、ベトナムがアメリカと戦争していたこと知ってます？」

現地ガイドも大変ねえと同情することしきりだが、同情している場合ではない。この事実から私たちはある現実に思いいたる。「新しい歴史教科書をつくる会」の主張とは裏腹に、「日本の若者たちは「自虐史観」になど全然染まっちゃいないのだ。少しでいいから自虐なさったらどうかしら、と提案したくなるほど彼女たちには屈託がない。理由は単純。旅行ガイドや女性誌のアジア特集を覗き見すれば、自虐する暇などないことがわかるだろう。どれもこれも、美食、雑貨、エステ、ブランド……。歴史に触れたうっとうしい記述は一切なく、ソウル市内の戦争記念館の紹介記事さえ、

これまで多くの侵略にあってきた韓国の歴史（『るるぶ情報版 韓国』）

祖国のために戦って亡くなった多くの兵士の偉業（『地球の歩き方 ソウル』）

と日本とはまるで関係のない「ひとごと」のように記されるのみ。

女性向けガイドブックのベトナム特集にいたっては、巻頭言がこれである。

ベトナムへ行こう。（略）もちろんアジアン雑貨やオーダーメイド、美食にコロニアル・ホテルも完全ガイド。さあ　Bon Voyage！

（『クレア・トラベラー「極上保存版 ベトナムの誘惑」』）

Bon Voyageって、あんた、そんな旧宗主国のことばを……。

オリエンタリズムどころか露骨なコロニアリズムが跋扈《ばっこ》する女性誌。彼女らにとってコロニアルとは「東西文化の美しい融合」の別名にすぎないのだ。

こんな風に屈託のない民間交流が、もちろん悪いこととはいえない。ただね、あちらの人々に日本人がどう映っているか考えると、いささか不安にもなるのである。

戦時中は武力侵攻。戦後は農協団体旅行、経済侵略、買春観光ツアー。そして今日、アジアを席巻《せっけん》しているのは、日本人女性の「かわいい帝国主義」である。主役は代われど「日本人は傍若無人」という印象は不変……。アジアの人々が「過去」にこだわるのは「いま」の日本人が危なっかしく見えるからじゃないんだろうか。

なぜこんなことになったのか。日本の歴史教育は、つまり破綻しているんですよね。史観もヘチマもなく、知識の量が絶対的に不足しているんだから。

これはひとごとではなくて、私自身、近現代史を学校の授業でちゃんと習った記憶がない。原始時代から順にやっていく以上、肝心の近現代史は年度末に向けて急ぎ足で駆けぬけるのが、この国の歴史授業の定石《じょうせき》だ。世界史、日本史とは別に「現代史」または「アジア史」という科目を（必修で）設ける。せめて明治以降の単元を先に学ばせる。そんな抜本的な解決策を講じない限り、日本人の絶望的な近現代史音痴は是正できないだろう。

しかし、たとえそうなっても限界はある。影響力の大きさでは、教科書はファッション雑誌にも旅行ガイドブックにも遠く及ばない。けったいなことを書くなあと呆れる反面、「つくる会」の教科書なんか屁でもないと私が思うのは、これがしょせん修正案を呑んで検定に合格する程度の（つまり、おもしろくもかわいくもない）教科書だからだ。教科書の中だけ見ていても、現状は把握できない。情報量のバランスからいけば、教科書をいまの十倍「自虐的」にしたってまだ足りないくらいだ。旅行ガイドにこそ近隣諸国条項を盛り込むべきじゃないかとさえ私は思う。あと女性誌に勝てるレベルのアジアの副読本で対抗するとか。「かわいい帝国主義」の打倒は容易じゃないぞ。どうします？

（『世界別冊』二〇〇一年六月）

韓国のテレビドラマなどをキッカケに、二〇〇四年ごろからはじまった空前の「韓流ブーム」によって「かわいい帝国主義」は次の段階に入ったようにも思われる。ブームの担い手は若い女性から中高年女性にシフトし、韓国語や韓国文化を勉強するなど、日韓の民間交流はますます盛んだ。それを見て「歴史を知らない」なぞとぼやくのも、いまとなっては無粋というものだろう。互いの歴史と文化への理解は相互交流の中から自然に育つのがいちばん望ましいのである。一方、若い世代はといえば、二〇〇六年に高校の必修科目履習漏れ問題が発覚したことでもわかるように、いっそう深刻な「歴史離れ」が進んでいると考えたほうがよさそうだ。日本史は選択科目だし、必修の世界史も未履習の高校生がこんなに大勢いたなんて。そんな現状である以上、学校の授業で近代史を学ばせるという案も、いまのところ実現性は薄い。政治的であるがゆえに、近現代史は教師にとって教えづらいテーマであり、だからこそ（意図的に？）ネグられているという側面もじつはあるのだ。これを解決するには結局のところアジア各国との共同作業が欠かせず、そのためには旅行ガイドこそもう少し歴史に踏み込んで、ツーリストのレベルアップに努めてもいいのではないか。学校の授業なんかより、旅行のほうがよっぽど学習の機会になるわけだし。

なお文中にいう「近隣諸国条項」とは、社会・歴史教科書の検定基準で、中国・韓国など近隣アジア諸国の近現代史に関しては国際理解と国際協調に見合った配慮を行えという規定のこと。

（二〇〇七年一月）

変態と変身

油断も隙《すき》もあったものではない。めちゃくちゃな時間帯で暮らしている私には、日曜日の朝八時に起きてテレビを見るなんて、もともと不可能な話である。そんなわけで、しばらく目を離していた隙に、テレビの特撮ドラマがすごいことになっていた。

情報通の解説によると、きっかけは二〇〇〇年に放映された「仮面ライダークウガ」(主演はいまをときめくオダギリジョー)の成功で、翌年の「仮面ライダーアギト」ではライダーのルックスがモデル風、またはホスト風。この路線が定着した二〇〇二年の「仮面ライダー龍騎」にはライダーがなんと十三人(!)もいて、それが軒並みジャニーズ系ときている。最初からそのような観点でオーディションをしたらしい。これでお子様も、お母様も大満足。十三人もライダーがいれば、おもちゃメーカーも大満足。八方まるく収まるという寸法だ。いや、物語自体はけっこうシリアスで、よくできているらしいのですが。

それで突然、長年あたためていた疑問というか愚問を思い出した。「仮面ライダー」では(他のヒーローも同じだが)、なぜ日常モードから戦闘モードに身体が変わることを「変身」ていうのだろう。「変身」という語が国民的な規模で広まったのは、やはり初代仮面ライダーの台詞とポーズだろう。「へーんしん！」というあれ、である。初代仮面ライダーがテレビに登場したのは一九七一年のことだから、以後、三十年以上、私たちは「変身」シーンを特撮ドラマやアニメを介して見続けてきたことになる。

ところが、自然界にもじつは「変身」する者たちがいる。昆虫や甲殻類なんかの節足動物がそうだし、「オタマジャクシはカエルの子」の両生類も「変身」組だ。芋虫や毛虫が蛹《さなぎ》から蝶々になるなんていうのは、子どもにもわかる劇的な「変身」だし、孵化してから成体になるまでに、ノープリウス、ゾエア、メガロパ、キプリスなんてワケのわからん幼生の段階を通過するエビやカニの仲間は、形も名前もかなりシュールな「変身」を生きる動物といえるだろう。岩にしがみついて離れない、あのフジツボやホヤが、「変身」前は海の中をヘラヘラと浮遊するプランクトンだったなんて、だれが想像しましょうか。

ってな話は、余談である。生物の成長過程における形態変化は、むろん正確には「変態」と呼ぶのが正しい。しかし、あれはいつだったか。その昔、超自然的な「変身」も生物学でいう「変態」も、英語では同じ「metamorphosis」だと知って、私はショックを受けたことがある。それならそうと早くいってよ。初代仮面ライダーがバッタの顔をしていたのも、歴代変身ヒーローにクワガタ型やカブトムシ型が多いのも、ならば理にかなう。彼らは「へーんたい！」と叫んで変身、いや変態したってよかったのだ。

けれども、いやはや日本語はむずかしい。「変態」といえば、ふつう思い浮かべるのは「異常」を意味する「変態」(abnormal)で、これがまたことを複雑にするのである。「スケベ」を意味する「エッチ」は「変態」の頭文字だという説もある通り、「変身」はカッコイイが「変態」はカッコワルイし一般性もない。

いまとなっては「変態」のほうが「変」なのだ。そもそも生物の形態変化を「変態」と訳した（造語した？）犯人はだれなのだろう。明治初期に抽象的な語を続々と日本語に訳した西周《にしあまね》か、『昆虫記』を訳した大杉栄か。そのへんは突き止めていないのだが（ご存じの方がいたら教えてください）、いっそ生物学の用語のほうを「変身」に改めたらどうか。理科離れが進行し、小学校の理科の単元からも昆虫の項が大幅に削られてしまった昨今、意味不明な「変態」よりも「変身」のほうが子どもたちの感覚には絶対にマッチする。「カブトムシは完全変身、セミは不完全変身」と教えたほうが、子ども、興味持ちそうじゃないですか。

動物に擬態した特撮ヒーローを見るにつけ「変身／変態」がちらつく私。

カフカの『変身』も「変態」と同じ語だったら「そりゃそうだよ虫だもん」といばっていえるのだけれども、ドイツ語ではどうなのだろう。

（『言語』二〇〇三年三月号）

ドリトル先生ってだれ？

いまの子どもたちは「ドリトル先生」が読めない。

そんな話を小耳に挟んだ。理由は聞かないで。ともかく読めないんです、と。

この話をすると、みなさん「へえ」と驚く。

ヒュー・ロフティングの「ドリトル先生」シリーズは日本では井伏鱒二の訳で知られている。シリーズ二作目の『ドリトル先生航海記』(岩波少年文庫) を何十年かぶりに開いてみた。

『航海記』はドリトル一行がクモザル島なる島に漂着し、部族紛争に巻き込まれた末、先生が島の王様にかつがれ、島の民主化と近代化に励む物語である。きわめて大英帝国的というか植民地主義丸出しの内容だったことに驚くが、もちろん退屈なお話ではない。

ただし、問題は物語内容ではなさそうだ。子どもたちが「読めない」理由は、おそらくこのテンポである。「航海記」といいながら、航海に出るまでに、この本は百七十ページもかかるのだ。全体の半分近くまで来ても、ドリトル先生はまだ英国の家にいる。

この部分は第一作『ドリトル先生アフリカゆき』を知らない読者のために、オウムのポリネシアやサルのチーチーら主要登場人物（登場動物）の紹介に当てられているわけだが、すぐにでもジェットコースターに乗りたい子どもたちに、こういった前置きはウザイだろう。

さらにウザイ印象を与えそうなのは、会話の多さと長さである。この登場人物（登場動物）はみんな話が長いのだ。ことにドリトル先生は博物学者だけあり、説明好きで昔話好き。一度話しだすと、なかなか止まらない。

さらにいえば語りのムードの問題がある。いまは老人になったトミーが、少年時代の思い出を語るという趣向で、物語は書かれている。だから地の文も〈私はお庭や動物園を見せていただいてから、毎日のように、ドリトル先生のお家へゆくようになりました〉といった調子になる。老人の昔語りとはいえ、悠長といえば悠長。

あ、いっときますけど、「ウザイ」というのは私の感想じゃないですよ。井伏鱒二の訳はけっして古めかしくはない。ただ、アニメ式にじゃんじゃん場面が変わるハイスピードな物語に慣れたいまどきのお子様がたに、このテンポは辛いだろうと想像したわけ。

しかし、話はここでは終わらなかったのである。

先日、数人の大学生と話す機会があったので、そういえば、と思って尋ねてみた。

「ねえねえ、ドリトル先生、知ってるでしょ」

私としては「はい」という相づちに続けて「で、読んだ?」「どうだった?」と聞いてみたかったのである。ところが、彼らの返答は——

「え、なんですか、それ」

「ドリトル先生。聞いたことない？」

「ないですね。ドレドレ先生？」

当今の大学生（ちなみに全員文学部四年生）は「ドリトル先生」を知らないのでした。なぜ読めないのかばかり考えていた私は、すっかり老人気分。

「エディ・マーフィーの映画も知らない？」

とも聞いてみたけど、無駄でした。

一九七〇年代以降、「ドリトル先生」には人種差別、障害者差別的な表現があるとして、問題になったことがある。現行の岩波少年文庫版「ドリトル先生」シリーズ全十三冊には、巻末にその旨の断り書きもついている。不適切な表現を最小限改めつつも刊行を続けることが差別問題を考えるきっかけになるはずだ、云々。同じ岩波書店の『ちびくろ・さんぼ』があっけなく絶版になったのに比べると、これは賢明な判断というべきだろう。だが、あるいはこのころから「ドリトル先生」の衰退がはじまったのだろうか。

この話にはさらに先がある。

彼らが知らないのは「ドリトル先生」だけではなかったのだ。

「じゃあ子どもの頃は何読んでたの？『怪盗ルパン』？」

「え、カイトーってなんですか？」

『怪盗ルパン』も知らないのかよー。

これはよくいわれる教養主義の解体とか学力崩壊とかの問題ではないのかもしれない。根はもっと深そうだ。文化の共通基盤がどこかで決定的に失われたのか。「読めない」から「知らない」まで行く過程には「知っているけど読まない」という段階があったはずなのだ。それがいつごろだったのか私は知りたい。

（『言語』二〇〇三年十一月号）

『心のノート』の世界観

二〇〇二年春から全国の小中学生に配布されている『心のノート』をご存じだろうか。一・二年生用、三・四年生用、五・六年生用、中学生用の計四種類が発行されていて、発行元は文部科学省。教科書でも副読本でもなく、道徳の「補助教材」だと文科省はいっている。

なるほどねえ。「補助教材」ね。「教科書」だったら検定や採択というプロセスを踏まないと子どもたちの手にはわたらない。でも「補助教材」だからノーチェック。『心のノート』は体《てい》のいい国定教科書だとの批判が出てくる所以《ゆえん》である。

ノートというだけあり、『心のノート』が画期的というか鬱陶《うっとう》しさ爆発なのは、徹底的な書きこみ方式をとっており、自分のことをやたらと書かせる点である。

たとえば各巻の巻頭にある「フェイスシート」である。低学年用の表題は「あなたのことをおしえてね」で、〈とくいなこと〉〈できるようになりたいこと〉〈たからもの〉〈しょうらいのゆめ〉などを、中学年用の「そっと自分に聞いてみよう」では質問項目が十三もあり、〈自分のすきなところ〉〈むちゅうになっていること〉〈自分のなおしたいところ〉などを書かせる。

万事この調子で、嘘をついていないか、感謝の気持ちがあるか、友だちと仲良くしているかなどなどを、『心のノート』は逐一うるさく聞いてくるのだ。

これは身上調査なんですか？　いくら子どもが相手でも、心の内をそんなにまでさらけ出させようとするのはなぜなのか。自分のことを聞かれたくない子だっているし、テキトーなウソを書く子だっているにちがいないのに。

と同時にいくつか感じたことがある。

まずひとつ、こんな教育をやっていたら自己愛が肥大化するのは当たり前だってこと。自分は自分は自分は自分は……。昨今の若い人って（まあ大人もだが）自分が大事でしょーがない感じじゃないですか？　それもしかりで、『心のノート』に限らず、今日の学校教育は国語で自伝を書かせるなど、自分への関心をかきたてるような課題が少なくないのだ。

もうひとつ発見だったのは、なるほどわれわれの社会認識はこのように形成されているのかと知らされたことだった。『心のノート』はまず自分にはじまり、家族、友だち、学級、学校、地域という風に、徐々に関心領域を外へ広げていく形で構成されている。低学年用の最終ページは郷土に関心をもたせる「あなたがそだつまち」。中学年用の最終ページは和服だの畳だのの日本文化に言及した「わたしたちの国の文化に親しもう」。

六年生の最後になると、富士山の写真がついた「見つめようわたしのふるさと　そしてこの国」が登場し、ついでオマケみたいに地球がついた「心は世界を結ぶ」で一件落着となる。

私はウーンと唸《うな》りました。自分↓家族↓地域↓日本↓世界。これは同心円状の世界認識、換言すれば天動説だ。日本の教育はまだコペルニクス以前だったのだ！

思えばしかし、それは『心のノート』だけの特徴でもない。小学校三年生で市区町村の地理と歴史を、四年生で都道府県の地理と歴史を学び、高学年になって日本と世界が登場する。私が子どものころから、社会科教育というものは、なべて天動説的世界観で構成されていた。『心のノート』はその認識の方法をわかりやすく見せてくれただけなのだ。

『心のノート』に対しては「愛国心」を強要する戦前の修身の復活だという批判の声も出ている。自己愛の強い若者たちは非常な日本びいきであり、それをもって「ナショナリズムの復活」を懸念する人たちもいる。でも、その種の愛国心批判はもう聞き飽きた。問題は戦前回帰とかではなく、いつまでも天動説でいいのかってことではないのか。

考えてみれば、「地球上にはいろいろな人がいます」にはじまり、世界↓日本↓地域↓個人というように徐々に関心領域を狭めていく逆方式だってあるはずなのだ。この方式でいけば、すべての文化は尊重されなければなりません↓他の文化と同様に日本の文化も大切にしましょう、人はだれもが尊重されなければなりません↓自分も大切にしましょう、となるはずで、多文化共生の時代には、まだそっちのほうが合っている。排他的な自己愛と愛国心は同質だし、自分中心主義と自国中心主義は同型だ。その原因の一端は学校教育の天動説的世界観にあったりするんじゃないですかね。

（『言語』二〇〇三年十二月号）

『心のノート』は政権交代後、二〇〇九年十一月に行われた行政刷新会議の「事業仕分け」によって、「配布のための予算は付けず、ネット上のウェブ掲載で対応」との判断を示された。民主党内には「そもそも不要」という声も多く、事実上の廃止とみてもよいかもしれない。

（二〇一〇年五月）

中学生になったら

新学期。いろいろデビューの季節である。

昔は中学校に入ると腕時計を買ってもらえたりしたんですよね。『中一時代』や『中一コース』の年間購読を予約すると万年筆をくれたりもした。『中一時代』や『中一コース』のような学年雑誌はだいぶ前に休刊になり、いまはもうない。かわって女子中学生に人気なのは六誌とも七誌ともいわれるジュニアむけのファッション雑誌だ。ことに昨年（二〇〇三年）創刊された『Ｈａｎａｃｈｕ（ハナチュー）』は「花中」ってくらいで、ズバリ女子中学生ねらい。四月号の特集は「新・イケてる花の中学生デビュー!!」だ。

いまや中学デビューは、メイクデビューの季節なのだ。したがって、〈うぷぷ…デカ目メイクであこがれのお姉顔だっチャ〉（「中学生のための『はじめてメイク』塾」）

なんていうのは当然常識。そのうえ中学生のファッションはおそろしく手が込んでいる。

〈おはDo！　花の中学生の〝イケてる〟私服スタイルといえばコレ！　中学生には見えにゃ～いお姉さんスタイル＝『お姉系』でしょ〉（「この春、ぜったいお姉系デビュー！」）

はい。せっかく中学生になったから中学生に見えない服を着るんです。

〈ぱよっ♪『なんちゃって制服』？？？　そう、最近ハナチューっコの間で急増中の、休みの日に街で着る『おしゃれ制服』のこと。おしゃれの秘訣《ひけつ》は高校生を意識してなりきることっ！〉（「春休みはなんちゃって制服しちゃいますっ‼」）

ぱよっ♪（っていうのはこの手の雑誌につきものの飾り言葉ですから気にせずに）、街ゆく制服の女子高校生はいまや中学生かもしれないんです。

こういった雑誌にはしかし、意外な一面もある。恋愛関係の記事が少ないのだ。『世界の中心で、愛をさけぶ』が受けるのも、イヤだけどわかる気がした。十代の恋愛を描いたああいうジュニア小説は、以前なら『時代』や『コース』の付録についてたようなやつなのだ。そしていまの中学生向けファッション雑誌には連載小説もマンガもエッセイもコラムもない。「男女交際」という語が現役だった時代の文化が新鮮に映っても仕方がないでしょう。

（『朝日新聞』夕刊二〇〇四年四月十日）

＝

栄枯盛衰（最近は枯々衰々といった感もあるが）の激しい雑誌の世界だが、ティーン向けのファッション雑誌も次々休刊に追い込まれるなか、創刊八年目を迎える「Ｈａｎａｃｈｕ」はいまも元気に気を吐いている。

（二〇一〇年五月）

意味は聞かないで

「不覚にも陸軍の兵隊に包囲されたが、戦争に敗れたわけではない」

小学四年生の子どもがいきなりこんなことをいいだしたら、親は思わず「熱があるのか？」と子どものひたいに手を当てるだろう。しかし、子どもはひるまず、

「熱帯の気候を愛好している」

「祝い事には松竹梅が必要だ」

と発熱を歓迎するようなことをいう。

あわてる親に子どもはさらに衝撃の事実を告げる。

「低い給料で学費が足りず、借金をした」

借金って……あんた⁉

まーあまり引っ張るのもナンなので、タネを明かすと、以上の文章は小学生用の漢字ドリルに載っていた例文である。正確には『徹底反復「漢字プリント」』（小学館、二〇〇二）。「陰山英男の徹底反復シリーズ」の中の一冊で、たいへんよく売れている。

陰山さんは算数の「百ます計算」でめざましい成果をあげた教育界の風雲児だが、こ

の漢字学習帳もすばらしい。何がって、一学年で習う漢字全部をわずか二ページ分、三十〜四十個の文章にみごと収めているところがだ。

最初にあげた四つの例文は四年生までに習う漢字だけで構成されていて、これらの読み書きさえマスターすれば四年生の漢字はバッチリ。熟語もいっしょに勉強できるのだ。

ただ、その無理が、文章に多少たたるのはやむを得ない。

「郡の名士の夫人が、象の出産に協力してくれた」

「尊敬する将軍が、城で注射をした」

など、前後が気になる話は数知れない。このドリルの主人公はまた反骨精神の持ち主で、

「委員会で、世界中の人の平等の問題について、意見を言ったが反対された」

のが三年生のときならば、五年生で、

「武力を使う圧政に対して、再び非暴力で立ち向かった」

りもし、六年生ではついにこんな叫びまであげる。

「聖域なき改革で民衆に激痛が走ることに異論がある」

おおおおお。

おもしろいのは漢字、国語、それとも日本語？　夏休みも終盤。子どもが謎めいたことを口走っても、漢字ドリルの音読ですから気にせずに。

（『朝日新聞』夕刊二〇〇四年八月二十八日）

漢字プリントは二〇〇六年に全面改訂され『徹底反復「新・漢字プリント」』に変わった。

（二〇一〇年五月）

コペルニクス以前

小学生の四割が「太陽は地球の周りを回っている」と思っており、三割は太陽の沈む方角を正しく答えられなかった——九月二十一日の『朝日新聞』一面に載ったこの記事を見て、何人もの人がメールや電話をくれた。みな一様にショックを受け、

「日本はどうなっちゃうんでしょうか」

と泣きそうな面もちである。そこで、さらにショックの追い打ちをかけてさしあげる。

「結果がそうなるのは当たり前でしょう。今の小学校では地動説、教えなくていいの。小学生は天動説で正解。六割の子が正しく答えただけマシよ」

じつはこの話、四月の『読売新聞』でも一度報道されていて、そのときは私も衝撃を受けたが、現在の指導要領では地動説を教えなくてもいいことを後で知ったのだ。

この話が人々にショックを与えるのは、地動説が前近代と近代を分ける象徴的なタームだからだろう。「コペルニクス的転回」という言葉もあるほどで、コレを知らなきゃ近代人じゃないという思いがどこかにある。私も考えましたよ。そっか、日本はコペルニクス以前の中世で、だから錬金術と魔女狩りがバッコしているんだな……。

しかし、考えてみると、地動説など知らなくても生活になんら支障はないのである。だいたい私たち自身、「地球は太陽の周りを回っている」と教えられたからそう信じているだけで、地動説を体感できる？　証明できる？　と聞かれたら心許ない。「身の回りの天文現象への関心や知識が薄れている」と記事は科学離れを嘆いているが、問題は別のところにあるのではないか。

天動説と地動説は科学ではなく文化なのだ。多くの人が共通認識としてきたものが文化だとすれば、文科省は「科学離れ」ではなく「文化破壊」に手を貸したのである。

文化的な失策には文化的な処方箋を。とりあえず私がすすめるのは吉野源三郎『君たちはどう生きるか』（岩波文庫）である。五年生のときこの本を読んだ私は、地動説と経済のしくみと友情の大切さを学んだ。中学二年生の主人公のあだ名はコペル君。コペルニクスのコペルである。

（『朝日新聞』夕刊二〇〇四年九月二十五日）

武将の気性

親しい友人から、小学校六年生の息子が学校のテストで悩んでいると聞かされた。

「それがさあ、笑っちゃうのよ」

と彼女。聞けば次のような問題が出たらしい。

「あなたは信長、秀吉、家康のだれになりたいですか。その理由も考えて答えなさい」

一瞬、意味がわからない。

「ええっと、それは社会科のテストなわけ？」

「うん。れっきとした日本史ですよ」

で、少年の悩みというのは「ぼくはだれにもなりたくないんだよ。現実的になれないし。歴史に『もし』はないっていうだろう？」。

「歴史に『もし』は……」には笑ったが、テストで答えさせるだけでなく、このクラスでは「なりたい武将」ごとに三班に分かれ、ディベートをさせたのだという。そして、「だれにもなりたくない」彼はどの班に入るのも最後まで拒んだため、授業がしばし滞り、彼女（少年の母）は担任の先生にきついお叱りを受けたのだそうだ。

「お宅のお子さんは性格に問題があるのではないですか」

そうまでして「だれになりたいか」に固執する教師も変わってるよね、とそのときはひとしきり笑って終わったのだが、後で調べてみて驚いた。「三人のうちのだれになりたいか」は、この先生の独創的な授業ではなく、教科書に準拠したものだったのだ。

小学六年生の社会科は非常に急ぎ足で、前半が日本史、後半が公民である。一学期で縄文時代から江戸時代まで駆けぬけるのだから、ただでさえ忙しいはずだ。そんな中で途中下車して「だれになりたいか」を議論している暇などあるのだろうか。といぶかるのは昔の（つまり「詰め込み式」で「知識偏重」の）学校教育の中で育った世代で、現在の（つまり「個性とゆとり」を標榜《ひょうぼう》する新学習指導要領下の）学校教育ではこれがふつう。なにかにつけて「あなたの考え」を問う、それが現今の授業なのである。

何冊かの社会科教科書を見てみたが、「3人の武将と全国統一」（東京書籍）、「武士の登場から天下統一へ」（教育出版）の単元はもちろん、どの単元も趣向は同じといっていい。教師用の虎の巻などもついでにチラッとのぞいてみると、いやーみなさん、子どもの興味を惹こうと必死である。

たとえば「なぜ源頼朝は、弟である義経を追いつめて殺したのだろう」という疑問をもとに討論をしろという。子どもが発表しやすくするためには「頼朝が悪い」「義経が悪い」「他の者が悪い」の三班に分かれて話しあうのがよく、「頼朝の性格は冷たい」

「兄のいいつけに従わなかった義経が悪い」といった意見交換を通じて「人間としての頼朝」に近づき、「貴族社会から武家社会への転換の意味」を考えさせるのだそうだ。

かと思うと「タイムマシンに乗って杉田玄白にインタビューするとしたら」を各自考えて発表しろなんてのもある。予想される質問は「なぜ『解体新書』を作ったのですか」「オランダ語がわからないのに、どうやって翻訳したのですか」など。玄白役の子はもちろん質問に答えなければならない。こうした寸劇（江戸時代のコスプレをしてもいいとある）を通して「玄白の人間性」にふれ、医学に対する思いが感じとれるのだそうだ。

いまの子は大変だな、というのが率直な感想である。「信長はなぜ天下統一を目指したのか」と問われても「わかりません」が一番真っ当な答えのような気がするが、それだと「性格に問題がある子」にされてしまう。

年号の丸暗記に精力を傾けたかつての歴史教育もどうかとは思うけど、だからといって「だれそれの気持ちになって考える」がそんなに大切なんだろうか？　教室の風景を思い浮かべると、まるでコントだ。しかし、人物中心の歴史教育は小学校の学習指導要領でも謳《うた》われていて、教科書も教師もおそらく大マジメなのだ。

「新しい歴史教科書をつくる会」の教科書がそうだったように、歴史教科書というと、とかく問題になるのは歴史認識、それも中学校のそれである。でも、シュールな点では小学校のほうが上かもしれない。「3人の武将」の単元で幅をきかせているのは「鳴かぬなら……」という例のホトトギスの川柳である。「人間性」を主軸にしたら、必然的に「気性」を云々しなければならなくなる。武将の気性って、それではおじさん雑誌『プレジデント』ですぜ。

（『言語』二〇〇四年十月号）

学習指導要領が改訂され、日本史の内容も様変わりした。脱「ゆとり教育」の方針の下、こんなバカバカしい授業も消えてゆくことだろう。とはいえ、世は戦国武将ブームである。信長、秀吉、家康だけでなく、謙信、信玄はもちろん、伊達政宗や毛利元就あたりまでキャスティングした授業なら、それはそれでおもしろいかも、と無責任に思ったりする。

（二〇一〇年五月）

「周辺」は軽くない

子どもたちはパレットの上で絵の具を混ぜてピンクや肌色がつくれない――教育雑誌『おそい・はやい・ひくい・たかい』二五号（ジャパンマシニスト社）で読んだ話だ。なぜこんなことになるかというと、学校でちゃんと水彩画を描いた経験がないからだと。そういや、いまの子たちはアニメのセル画みたいなベタッとした絵を描くよなとは思っていたが、原因はアニメだけでもないらしい。現下の小学校では図工の時間が満足にとれないのだ。週割りにすると一・五時間。二時間続きの図工の時間なんて夢のまた夢だから、昔ながらの「野外でゆっくり写生」や「人物をよく見て版画制作」はもう成立しないのだそうだ。

図工だけではない。音楽も家庭科も一・五時間。体育だけは辛うじて二・五時間あるものの、「・五」という中途半端な数字のために隔週で実施の科目もあり、時間割りが毎週変わる。時間割り作りはもうパズル！

体育・図工・音楽・家庭科は「周辺教科」「副教科」などと呼ばれ、もともと国語・算数・理科・社会の「主要四教科（中学では英語を加えて五教科）」の下に置かれてきた。それが二〇〇二年度からの新指導要領、週五日制の導入で大きく割をくった格好という。

しかし「主要教科／周辺教科」ってなんだろうと思う。私たちが徒競走をできるのも、曲がりなりにもバッハやベートーヴェンを知っているのも、赤と黄色と白の絵の具を混ぜて肌色をつくれるのも、やれといわれりゃ雑巾くらい縫えるのも、思えば「周辺四教科」のおかげである。

「学力低下」を憂えるどこかの国の文部科学大臣はまたもや「主要四教科の授業数を増やす」「国語とか算数とかにもう少し力を注ぐべき」と述べている（『朝日新聞』二〇〇五年一月十九日）。

「ゆとり教育」の問い直しはけっこうだけれども、ますます「ゆとり」を奪おうとしていない？　「周辺」をなめてると、今度は「周辺」に裏切られるぞ。

（『朝日新聞』夕刊二〇〇五年一月二十二日）

「ゆとり教育」が見直される中、教育内容は少しは元に戻りつつあるが、「周辺四教科」の授業時間数は現行のままで、当面増える見込みはなさそうだ。教科の担当教諭も非常勤化が進んでおり、ますます「周辺化」していくのかもしれない。

（二〇一〇年五月）

「サンボ」の国籍

一九八八年に絶版になった岩波書店の『ちびくろ・さんぼ』（ドビアス絵、光吉夏弥訳）が当時の絵と訳で四月に別の会社から復刊されるという。

ご多分にもれず、私もあの絵本に強烈な愛着がある口だ。何より印象的なのは、そうあそこ、トラがぐるぐる回ってバターになる最後の場面だ。

「次は雪印のではなくトラのバターにしてくれろ」と、幼稚園児時代に母に真剣に要求した覚えがある。

ただ、「やっぱあの絵が最高よね」と手放しで礼讃できるかとなると、そう単純でもない。

あの本が絶版になったのは「黒人差別を助長する」との理由からだった。その点については灘本昌久氏の名著『ちびくろサンボよ　すこやかによみがえれ』（径《こみち》書房、一九九九）が反証しているが、特に問題視されたのは、「サンボ」が蔑称である点と、誇張された顔の表現で、いずれにしてもサンボ一家はアフリカ系で、舞台もアフリカだとの前提に立った処置だった。

しかし、差別問題を云々する人たちは、サンボの人権にはうるさいが、トラの権利問題にはなぜか無頓着なのである。ほとんどだれもまともに指摘していないので、これは一応いっておきたい。

アフリカにトラは分布していない。トラはアジアの動物なのだ。

原作者のバナーマンはアフリカではなく、インドでこれを書いたのである。それが「黒人差別問題」にすり替わったのは、一九二七年にアメリカで出版された版（マクミラン社版）のドビアスの絵（岩波版もこれ）の影響も大きい。アールデコ調のいい絵だが、舞台は地球上のどこ？

当時は「インドもアフリカも似たようなもん」という感覚だったのか。アジアの動物であるトラは出てくるわ、サンボ一家のファッションは南部のアフリカ系アメリカ人みたいだわ、いま見ると、この版の考証はめちゃくちゃだ。日本と中国をごちゃまぜにした絵を思い出す。金太郎がパンダにまたがっている、みたいな。

たとえ差別性はなかったとしても、あれはやっぱり歴史的な所産なのだ。いま読むなら原著を訳した『ちびくろさんぼのおはなし』（径書房）も併読したい。

インドの物語だと思えば、あのバターはギーだったのだとわかるし（原文にはギーとはインドのバターのこととの説明もある）、お母さんのマンボが焼いたのも、チャパティか、卵とミルクと砂糖が入るから別のお菓子か、ともかくアメリカナイズされたホットケーキとは別物だった可能性が高い。ややショック。でもそれが文化の多様性だ。
（『朝日新聞』夕刊二〇〇五年三月十九日）

桜の咲かない入学式

子どものころ、絵本や教科書の挿絵なんかを見ていて「変だなあ」と思ったことはないだろうか。私がいつも「変だなあ」と思っていたのは、入学式を描いた絵には、必ず校門のわきに「満開の桜」が描かれていることだった。なぜ印象的に覚えているかというと、小学校一年生の国語教科書の第一ページ目が、たしかそれだったからである。

新潟で桜が満開になるのは、ゴールデンウィークも間近に迫った四月中旬〜下旬だ。新学年に進級し、新しいクラスにもなじんだころ、満開になった桜を図画工作の時間に写生する。新潟の桜は新学期の花ではあっても、入学式の花ではない。

そんな話を友人たちとしていたら、

「おれも、あの絵は子ども心に常々変だと思っていたよ」

という人がいた。彼の感覚は私と逆で、

「こんな時期に桜が咲いているのは遅すぎる」

だったらしい。桜が満開になるのは三月末で、四月の入学式にはとっくに散っている。彼が育った関西では、桜は春休みの花で、入学式の花ではなかったのだ。

南北に長い日本列島。考えてみれば当たり前の話である。だからこそ桜前線の北上が季節のニュースになるわけで、入学式にドンピシャリで桜が満開になる土地も当然あるはずなのだ。

しかし、子どもにそこまでの知恵は回らない。ない知恵で、それでも納得しようと頭をひねった結果、彼も私も出した結論が同じだったというのが泣かせる。

「これは入学式を盛り上げるために考案された架空の情景にちがいない」

東京で暮らすようになって、桜の謎はあっさり解けた。

あれは「架空の情景」でも何でもなかった。東京では、なるほど桜は、四月上旬の入学式の季節にあわせて、みごと満開になるのである。つまり、私が一年生の教科書で見た満開の桜の入学式は、「東京の学校の入学式」だったのだ。

だが、ここで改めて考える。絵を描いた人も、教科書の編纂者も、その絵が「東京の学校の入学式」だと意識していただろうか。していなかったのではないかなあ。彼らはそれを「東京の」ではなく「日本の」学校の入学式と信じていたんじゃなかろうか。

地域差を無視したこうした表現の画一化は、明治以来の教育政策ともからむ大きな問題をはらんでいるのだけれども、それはそれとして、この種の「東京中心主義」は非常に単純なところから出発しているようにも思う。つまり井の中のカワズ、である。

日本のマスコミは東京に集中している。そして東京に住み、ましてメディアで仕事をしていると、しだいしだいに地理感覚が麻痺《まひ》してくるのだ。自分たちの見ている景色のどこまでが全国共通で、どこからが東京ローカルなのか、ここにいるとわからなくなる。「えーっと、これは」といちいち立ち止まって考えてみるくらいじゃないと、悪気はなくても「入学式の桜」式のことを平気でやらかす。それは私自身へのいさめでもある。

新潟の中高校生だったころ、私は雑誌の情報ページが大嫌いだった。当たり前のような顔でブティックとかレストランとか「東京のお店」ばかり載っていたから。地方の復権なんて大上段にかまえなくても「その桜は変だ」と気づく感受性は貴重だ。そして、変だと思ったら「変だ」と口にしたほうがいい。カワズも少しは反省するはずである。

（『新潟日報』一九九九年三月四日）

桜の開花は年々早まる傾向にあり、東京の入学式が必ず桜の満開と重なる、ともいえなくなってきた。民間の気象会社が増えたこともあり、二〇一〇年からは気象協会も桜の開花予想の発表を取りやめている。とはいえ、桜前線のニュースは以前にもまして盛ん。これだけ報道されれば、開花の時期が地域によって異なることも、さすがにみんな知っただろう。

（二〇一〇年五月）

第5章

女と男の文化の行方

シンデレラとピッピ

季節がよくなると新しい靴の一足も欲しくなる。

でもね、靴を買うのは大変なんだ。女の人なら、たいてい経験があると思う。あ、すてきな靴、と思って足を入れてはみたものの、うわっ、キュウクツ！　横で見ていた店員は「お客さまのおみ足はダンビロでございますね」といわんばかりの表情で、「革ですから多少は伸びます」

なんていう。そんな気休めは聞き飽きた。だいいち伸びるまで我慢しろって？

英文学者の田嶋陽子さんに「自分の足を取りもどす」（『もう、「女」はやってられない』講談社、一九九三）という名エッセイがある。

彼女の足は二十五センチ。子どもの頃から「女らしくない」「バカの大足」といわれて育った彼女は社会に出てさらに愕然《がくぜん》とする。二十五の靴はなかなかなく、あってもダサいペタンコ靴ばかり。二十年も靴で苦労し、小さめのパンプスに足を押し込み続けた彼女は、腰を痛めたあげく悟るのだ。女の足は小さい方がよい、という文化の方が間違っているのだと。

しかし、足の小さい人なら幸福かというと、ことはそう単純でもないらしい。エッセイ集『重箱のすみ』（講談社、一九九八）の中で、作家の金井美恵子さんが「小足」の悩みを明かしている。彼女の足は二十一センチ。やはりそのサイズの靴はなかなかなく、あってもドレッシーすぎるハイヒールばかり。足の小さい女は背も低いはずで、そういう女は背を高く見せたがっているにちがいないという思い込みにムカムカすると、彼女もまた怒っているのだ。

足に合わない靴は行動の自由を制限するし、物を選ぶ自由も制限する。でも、彼女たちの怒りは「物理的な不自由さ」に対してだけなんだろうか。たぶんそうではないんだと思う。婦人靴は二十三か二十三半に集中していて、そこに当てはまらない自分用の靴にはろくなのがない。これは「あなたの体は規格外ですよ」と宣告されたも同然であり、

「規格外の女はまあコレでも履いときな」

とあしらわれたような気がするからだ。靴の悩みの半分は精神的なダメージなのだ。

女性の靴はそもそも見せるための靴として発達した。ハイヒールなぞ、まさに現代の「纏足《てんそく》」である。靴に足を合わせる文化は外反母趾《がいはんぼし》という病気さえ生んだ。標準サイズとされる二十三でも二十三半でもそのへんは同じなんです。

そう思うと「シンデレラ」なんてサイテーの物語ではありませんか？　ガラスの靴に

足が合うかどうかで女の人生が決まるお話なんだから。大足だからといって二人の「意地悪な姉」みたいにハサミでかかとをちょん切られるのも、小足だからといってただ王子様を待つだけの女扱いされるのも真っ平だが、いまの靴文化はそれに近いものがある。

リンドグレーンの児童文学『長くつ下のピッピ』のヒロインが五本の指が自由に動くデカ靴を履いた女の子なのはダテではない。靴は体だけじゃなく心の自由にかかわるのだ。

「その点、君たちはいいよねえ、靴で嫌な目にあったことなんかないでしょう」

そういったら、何人かの男性に「わかってない」と一蹴された。

「女はいいよ女は。男物の靴なんか、もっと選択の幅がないんだぞ」

紳士靴は黒と茶がある程度。きれいな色のが全然ないというのである。婦人靴が「見せる」ことに徹してきたのとは逆に、紳士靴には「見せる」要素が欠けている。カラフルなのはカジュアルなスニーカーとかばっかりで、大人が気取ってはけそうな赤や青や黄色の靴はたしかにない。靴なしでは暮らせないから何かは買うけど、足元の変革はまだまだみたい。

（『新潟日報』一九九八年四月二十日）

「男」をつくる装置

近ごろ「マッチョ」という言葉をけっこう聞く気がしないだろうか。もとをただせばスペイン語。「男らしい」の意味である。しかし、もしもあなたが男性で、

「○○さんて意外とマッチョなんですね」

といわれても「いやいや、それほどでも……」などと謙遜する必要はない。

かつては、ムキムキの男らしい肉体の保持者に対する賛辞だったのかもしれないけれど、いまいう「マッチョ」は、褒《ほ》め言葉でもなんでもない。言論界で「マッチョ」という語を、いまだにプラスイメージで使用しているのは、石原慎太郎くらいのものである。

「○○さんて意外とマッチョなんですね」は、

「○○さんて、古くさい権力欲と競争原理と性差別思想にこりかたまった大バカ野郎のコンコンチキだったんですね」

の非常に遠回しな表現と思った方がよいのだ。

フランスの思想家、エリザベート・バダンテールが『XY――男とは何か』（上村くにこ／饗庭千代子共訳、筑摩書房、一九九七）という本の中でおもしろいことを書いてい

る。女の子は放っておいても大人の女になれるけれども、男の子はそのままでは大人の男になれない、というのである。男の子が「男になる」のは、とても不自然で困難な仕事らしいのだ。

一瞬「そーお？」と思うけれども、いわれてみればわかる気もする。

子どもはみんな、母親と密着して育つ。女の子は母親という身近なモデルケースがあるから自然に大人の女になる。しかし、男の子はどこかの時点で慣れ親しんだ「おんな子ども社会」を離れ、男性社会に旅立たなければいけない。そのため、古代から現代にいたるまで、どんな社会も少年を「男にする」ための過酷な成人儀礼を用意してきたという。

意外なのは、その際、父親の出番はほとんどないということだろう。男の子は、家族と切り離され、父親ではない年長者が取り仕切る男性集団の中で「女々しさ」をたたき出され、「男らしさ」を力ずくで身につけさせられるのだ、と。

わかりやすいところでいうと、西欧の寄宿学校はそれに当たる。徴兵制のある国では軍隊がその役割をはたしてきた。古い習俗が残る部族には、体に傷をつける風習がいまもある。近世日本の武家社会でも、元服した少年は武士としての修養を徹底的に積まされた。

じゃあ現代の日本ではと考えてみると……なるほどそうか、あるよあるよ。

中学高校大学の運動部なんてのは一種の成人儀礼の場じゃなかろうか。先輩後輩のケジメだのシゴキだの、あそこではマッチョな縦社会のおきてがいまなお力をふるっている。

さらに決定的なのは企業という場所だろう。「企業戦士」という言葉まであるくらいで、日本の男子は学校を出た途端、血ヘドを吐く思いで「一人前の男」にされるのである。

旧来の発想だと「男である」のは自然なことで、不自然なのは女だということになっていた。

「女は女に生まれるのではない。女になるのだ」

といったボーヴォワールの言葉を引き合いに出すまでもなく。しかし、女性の地位が相対的に向上すれば、男だって自由じゃないぞと考える人が出てくるのは当然だろう。

いまの日本でより生きにくいのは男の子か女の子か。私はむしろ男の子ではないかと思う。いじめで自殺する子も、キレて犯罪に走る子も、数でいえば男の子が多い。

なにげなく口にしがちな、「男の子なんだから、しっかりしなさい！」というせりふこそマッチョへの第一歩。「女々しい男の子」はもっと尊重されてもいい。

（『新潟日報』一九九八年五月二十八日）

奥様の手料理

「六月の花嫁は幸せになる」とかいう西洋の迷信のせいで、日本でも最近は六月の結婚式が多くなった。迷惑なことである。夏の礼服なんか持っていないのが普通だし、だいいち日本の六月は梅雨のまっただ中だ。イギリスの六月は日本でいえば四月の気候に相当するという。結婚したけりゃしていいから、せめて式は春か秋にしてくんない？

さて、ジューンブライド神話が普及したのは芸能マスコミの影響もあるのだろう。今年（一九九八年）六月の芸能界も、なんだか知らぬが電撃結婚ラッシュだったらしい。七月になったらラッシュも一段落するのだろうか。

ところで、ああいう結婚がらみの記者会見を見ていて毎度ウンザリさせられるのは、日本の芸能マスコミの体質の古さである。

「ご結婚なさっても、奥さまは、お仕事、続けられるんですか？」

という質問にもあきれるが、それはまあよしとしよう。実際にも結婚して引退する女がまだいる以上、引退の有無は報道陣にとっては重要な質問かもしれないからだ。

それよりカンにさわるのは、必ず出てくるこの質問だ。

「○○子さんは、お料理のほうはどうなんですか？」

一方ダンナに対しては、

「○○子さんの手料理、もう召し上がりましたか？」

ここで毅然《きぜん》と、

「どうして結婚と料理が関係あるんですかっ！」

とインタビュアーにかみつく若きスターを私は待っているのだけれど、いまだにお目にかかったためしはない。みな、妙にしおらしく、

「お料理はこれから勉強します」（嫁）

「はい、とてもおいしかったです」（婿）

なぞと答えちゃうのである。芸能マスコミの影響というならば、これ、ジューンブライド神話より、もっとタチが悪いんじゃないだろうか。

なぜ、この質問がよろしくないか。一番目の理由はほかでもない。女は結婚したら（共働きでも）家事を担当すべきであるという性別役割の観念を固定化することになるからだ。「妻とは家事をやってくれる人のことである」という古い発想を根本的に変える必要がある（こんな当ったり前のこと、なんでいまごろいわなくちゃいけないの？）。

二番目の理由は、これが女性も男性もなめた質問だってことだ。いまどき女の子より料理が得意な男の子なんかいくらでもいる（「ＳＭＡＰ×ＳＭＡＰ」を思いだせ）。逆に

いえば、この家庭科男女共修の時代に、いい年をして料理のひとつもできない男こそ少しは恥じ入るべきなのだ。

どうしても家事能力について聞きたければ、両方に質問するのが筋だろう。

「××夫さんは、お料理のほうはどうなんですか?」

「はい、すみません。これから勉強します」

世論調査でも「男は仕事・女は家庭」という性別役割分担を支持している人は、とっくに半数を割っている。NHKが一九九三年に実施した意識調査によると、「夫が台所仕事をするのは当然」と考えている人は男性で七二パーセント、女性で八〇パーセント。実態はともかくタテマエとしては、家事は妻がやるものという図式はすでに崩れている。

結婚披露宴のスピーチで、

「〇〇子さんはまず家庭を第一に考えて、××夫くんが存分に仕事ができる環境を……」

ってな演説をぶつおじさまがいるけれど(ジジイだから仕方ないとはいえ主賓クラスにこれが多い)、そのおかげで日本中の新婦(および新婦友人)がどれほど不愉快な思いをしているか、少しは考えたほうがいい。めでたい席を、彼らのデリカシーのないスピーチが台無しにしているのである。芸能リポーターと大差はない。

(『新潟日報』一九九八年六月二十五日)

「料理ができる男」の商品価値はその後めきめきと上がり、料理自慢の男性タレントも珍しくなくなった。とはいえ芸能マスコミの古めかしい体質は相変わらずで、何の反省もなく、いまだに結婚会見では「奥様の手料理は」をやっている。いい加減になさいませ。

（二〇〇七年一月）

翔んでる男

公然と「子育て自慢」をする男性が、増えたような気がするのである。もちろん、「娘が可愛くて可愛くて目の中に入れても痛くない」

ってなことを臆面《おくめん》もなくいう男は昔からいた。でも、近ごろのそれは、いわゆるマイホームパパとは一線を画する。彼らの台詞とは、たとえばこのようなものだ。

「うちには小さいのがいるからさぁ、オレなんかオムツは替えるわ保育園の送り迎えはするわ飯はつくるわで、もう大変よ」

さよう、それは表向きには一応「愚痴」の体裁をとっている。けれども「もう大変よ」と口にする彼らの相好《そうごう》はこれ以上ないほどメロメロに崩れきっており、何がそんなに嬉しいのかと思うほど。後で考えてみれば、それは愚痴ではなくて自慢であり、彼らはつまり「子ども自慢」ではなく「子育てに積極的に参加しているオレ自慢」をしたいようすなのだった。

「子育て自慢パパ」の典型的な例を示しておこう。左は、作家の鈴木光司と石原慎太郎の対談からの抜粋である。

鈴木　だから、ほんとに僕は、子育てをやることによって貴重な体験を得たと思ってるんですよ。
石原　幾つぐらいまでやったんですか、子育て。
鈴木　いや、下の子はまだ五歳ですから。今朝も保育園に連れて行きましたけれど。
石原　二番目の子供も、要するに全部……。
鈴木　大体やりました。女房は今年の三月いっぱいまで高校の教師やっておりましたから、それまで僕は週のうち三日は夕食の用意もしていました。子供たちを風呂に入れて、保育園の送り迎えをして、洗濯も一日二回。女房が帰ってきた時は風呂も沸いていて食事も揃ってるという状況が、三月までは続いていましたよ。
（『文學界』一九九六年八月号）

絶句する旧世代の石原（そういえば彼はン十年前に『スパルタ教育』というベストセラーも書いていたっけ）を前に、鈴木は以下とうとうと「新時代の父性」論をぶつ。それはまあいいとしても、問題は、ここで鈴木光司が開陳している家庭内労働など、女にとっては珍しくも何ともないという事実である。彼の台詞がそのまま女性作家のものだったと仮定しよう。単なる主婦作家と思われるのがオチである。つまり、主婦作家はマイナスの記号でしかないが、主夫作家なら絵になる……ということなんですよね。

さて、この現象をどう読むか。私が咄嗟《とっさ》に思い出したのは、二十年ほど前の女性をめぐる状況である。いまから思うと、当時の女性の社会進出など全然たいしたものではなかった。しかし、女も仕事を持つべきだとの風潮が醸成されたばかりであり、彼女らに対する賞賛と揶揄《やゆ》の気分を含んだ言葉が「翔《と》んでる女」や「キャリアウーマン」だったのだ。

いま起きている現象はまさにその逆。男性の家庭内領域への進出、といっていいだろう。子育てパパが愚痴にかこつけて自慢したくなるのも無理はない。だって「翔んでる男」だもん。

初期のキャリアウーマンも、そういう（男から見れば当ったり前の）ことを、髪をかきあげたりなんかしながら得々と自慢していた覚えがある。

「うちの会社は人使いが荒いからさぁ、あたしなんか残業はあるわ出張はあるわ会議は続くわで、もう大変よ」

ところで、この「ハウスハズバンド＝キャリアウーマン説」が教訓的なのは、「進歩の逆説」について学ばせてくれることである。

この件で、ジェンダー役割の越境を目指す人々はマジョリティの側から見るとなんて片腹痛いものだったんだろう、とはじめて私は感じましたね。男性の育児参加は進歩の方向であり、好ましいことには違いない。でも、つい冷笑的になってしまうのだ。

第一に、マジョリティの側が淡々とやり続けてきたことを、新参者のマイノリティが嬉しそうに吹聴《ふいちよう》することの馬鹿ばかしさである。

「パーティーでオムツの話をする男の気が知れない」

と、さる子育て真っ最中の女性はいった。

第二に、自らの職域が侵されるのはマジョリティにとっては脅威であり、我慢ならない事態らしいということである。先の彼女はいった。

「男は会社に引っ込んでろ！　っていいたくなるよ」

なるほどねえ。男の人が、

「女の人はどうしてそんなに働きたがるの？　わからんなあ」

と呆《あき》れたような顔でいい、あげく、

「女は家に引っ込んでろ！　っていったら怒られるだろうけどさ」

と不機嫌につぶやいていたのは、こういう気持ちだったのか。

とはいえ、昨今の「翔んでる男」の舞い上がり方は、かつての「翔んでる女」以上である。周囲の子育て自慢パパを眺めると、いくつかの共通点が見つかる。
①大学の教員・出版人・フリーランサーなど時間が比較的自由なインテリ系の職業人が多い。

②子どもが生まれたのが三十代の半ばなどで、割合と遅い。
③妻が公務員や教師などの固い職業で、彼女の定期収入で家計が成り立っている。
昔風にいえば「ヒモ」あるいは「髪結《かみゆ》いの亭主」である。子育て(に参加するオレ)自慢ができるのは、糟糠《そうこう》の妻に支えられた、恵まれた階層の男の特権だったりもするのだ。

こうした自慢が市民権を得はじめたのは、世の男性が「脱社畜化」を考えはじめたせいでもあるのだろう。しかし、「社畜」を降りた彼らが行き着く先は何なのか。もしかして、家畜?　(『世界』一九九八年九月号)

「育児をしない男を、父とは呼ばない。」というキャッチコピーで厚生省(当時)のポスターが話題になったのはこの翌年、一九九九年のことだった。右の文章では「翔んでる男」を軽く揶揄しているけれど、もちろん私は基本的には「子育てパパ」の応援団だ。一九九一年に成立(九五年に改正)した育児・介護休業法によって、日本では男女ともに育児休暇が取れることになっている。だが実際の取得率は、女性が七二・三パーセント、男性はわずか〇・五〇パーセントである(厚生労働省「女性雇用管理基本調査」二〇〇五年)。厚労省は女性八〇パーセント、男性一〇パーセントの取得率を目指しているというが、いまなお本文中の①②③の条件を満たしている人でもないと、育休取得は難しいのだろう。

しかし半面では、公務員や会社員などカタギの職業人による育休パパの体験記（脇田能宏ほか『「育休父さん」の成長日誌』（朝日新聞社、二〇〇〇）、山田正人『経産省の山田課長補佐、ただいま育休中』（日本経済新聞社、二〇〇六／文春文庫、二〇一〇）など――も増えている。「翔んでる男」が「普通の男」になったとき、日本の父親たちも変わるだろう。なお、文中に出てくる石原慎太郎『スパルタ教育』（カッパ・ホームズ）は一九六九年の本です。

（二〇〇七年一月）

どっちでもいいや

「ビジュアル系」という言葉をこの頃よく聞く。美形の男の子を指してつかわれることが多い。もう少し細かくいえば、ヘアスタイルやファッションなどの見てくれに過剰なほど気を遣っている男の子、の意味だろうか。「ビジュアル系のバンド」といったら、髪を染め、メイクをし、派手な衣装に身を包んだ男の子たちのバンドである。

よくしたもので、ああいう格好をさせると、土台はどうあれ、造作がどうあれ、それなりにみな見られるようになるから不思議。「馬子にも衣装」は、いまや女性ではなく、男性に対して用いられるべきことわざなのだ。

とかいうと、眉をひそめる人たちがまだまだいそうだ。「気持ち悪い」「男は外見ではない」「野郎が化粧をするとは何事だ」などなど。

最近、そういうことをいっていた頭の固い方たち数名と連れ立ち、「後学のため」と称して六本木のショーパブに行った。女装した男性だけのダンスチームが歌って踊って演技をする六十分ほどのショーが売り物のパブである。下世話な言い方をすれば、要するに「おかまショー」。しかし（という接続詞も変ですが）、ダンサーはよく訓練されており、構成もなかなかよくできていて、下手な劇場芝居などよりよほど楽しめた。

さて、それはともかく、ショーと同じくらいおもしろかったのが、見終わった後の頭の固い中高年男性ご一行様の反応である。

「男性だけのチーム」という触れ込みだったのだけれど、パンフレットを読むと、じつは十数人のうち「本物の女性」が二人だけまじっているという。

そこでまず「あの中でだれが本物の女か」で議論になった。女性ホルモンを投入して人工的なバストをつくったダンサーも少なくなく、結論は出ずじまい。それほどまでに出演者たちがビジュアル系の美女（美男？）ぞろいだったともいえるのだが、やがてひとりがいいだした。

「男でも女でも、あれだけキレイだったら、おれはどっちでもいいや」

「そうだな、おれもいいや、どっちでも」

もちろんこれはビジュアル系もビジュアル系、プロフェッショナルなニューハーフ（職業的に女装した男性）の話である。しかも相手は非日常を売り物にするショービジネス。「男が化粧するとは何事だ」とは、いささか次元のちがう話だろう。しかし、彼らの口から「男でも女でもどっちでもいいや」という発言が出てきただけでも画期的。

ここにはある種の真実が含まれている。ビジュアル系を極限まで追求した存在は、女性に近づくというよりは、性を超越してしまうのである。

女性のように化粧をし、おんな言葉を操る「ニューハーフ」の人たちに人気があるのは、まさにそのためである。男でもあり女でもある、あるいは男でも女でもない彼女（彼？）たちは、性別に縛られて暮らしている私たちに、軽い解放感を与えてくれるのだ。

ひるがえって、いまどきの男の子。ビジュアル系とまではいかずとも、眉毛を整えたり、髪を染めたり、ピアスをしたりするのは、いまやまったく珍しくない若者の風俗になった。一方、環境ホルモンとやらの影響で、若い男性の精子が減少しているともいう。そこで、こうした一連の現象をとらえて「メス化する男たち」と表現するのも流行っている。

しかし、彼らは「メス化」しているのではなく「オス」の型から脱皮しようとしているのではないか。「男でも女でもどっちでもいいや」という気分が流行るのは悪いことではない。

（『新潟日報』一九九八年十月十五日）

トランスジェンダーやトランスセクシュアルのタレントが数多く活躍する現在、こんな話も今は昔、という感じである。

（二〇一〇年五月）

環境ホルモンとミサイル

もしかして一九九八年は「ものすごーく下品な年」だったんじゃないかという気がしてきた。

三題噺《ばなし》風にまとめてみる。

◎その一・環境ホルモン

真剣に環境汚染問題に取り組んでいる皆さま、ごめんなさい、環境ホルモンと聞くと、私は発作的に笑っちゃうのだ。環境ホルモン（正確には内分泌攪乱物質）については再三報道されているので繰り返さない。この件が衆目を集めた理由は、メス化する自然、もっとはっきりいえば、

「てえへんだ。ヒトの精子が減っているっ！」

という情報がそこに含まれていたからだろう。立花隆『環境ホルモン入門』（新潮社、一九九八）という本など、その手の記述の宝庫である。

この二十年間で精子の数は減少している。日本の二十代の男性の精子数は四十代の男

性の半分しかないというデータもある。この傾向が続けば、二〇〇五年には一九七五年生まれの男性の精子数が一九二五年生まれの男性の四分の一に減る……。この本は東大教養学部の立花ゼミの共著なのだが、立花センセイは授業の中で学生諸君を煽《あお》ったことがあるそうだ。環境ホルモンは若い人が暴動を起こしても不思議ではない問題だ、と。その部分、再録する。

きみら、いまとんでもない目にあわされてるんだよ。（略）生まれたばかりの男の赤ちゃんを全部集めて、百人に一人の割合で、そのオチンチンをチョン切るなんてことを国が決めたりしたら、どこの国だってたちまち暴動が起きるよ。（略）きみらの未来の赤ちゃんのチン切りをしているってことなんだ。だいたいきみらの世代はみんな従順すぎて、おとなしすぎる。なんでもっと怒らないの。（『環境ホルモン入門』）

この件に関する立花隆（と一部男性論者）の熱弁には妙に鬼気迫るものがあると思っていたが、そのこころは「チン切り」への恐怖と怒りであったのか。そう考えると、なべて得心がゆくのである。去勢されるの、みなさんとっても恐いんですね。ご愁傷さま。

●その二・クリントン不倫騒動

これについては多言は不要だろう。読みましたですよ私も、インターネットで世界中に流されたとかいうスター独立検察官のルインスキー調書（の日本語訳）を。いずこのメディアもニヤけた調子で「葉巻セックス」「ピザセックス」と書き立てた後、一様に「いよっ、大統領！」なぞと締めくくっていたのが印象的だった。一例をあげればこんな記事。

右手に核ボタン、お口にモニカ、発射だけはヤメてほしいのは全世界の願いだったのだが……。（略）大統領閣下、ヤケ起こしてミサイルを〝発射〟するのはやめてくださいネ。

（『週刊文春』一九九八年九月二十四日号）

「ミサイルの発射」をダブルミーニングにしていたのも各メディア共通。きっとそこへ行くと思ったよ。見え透いた手口の記事を、ご苦労さま。

となれば最後のオチは当然これだろう。

●その三・バイアグラ

いわずと知れた、「夢の」と称される米国産の勃起不全治療薬である。いつまでもバイアグラでもないだろうにと思っていたら、ついに先日、新聞の夕刊一面に「国内承認が間近」との「朗報」が載った。

国内で進められていた製薬会社の臨床試験では、「問題なし」との結果が出た。承認までそれほど時間はかからないとみられ、承認されれば医師の処方せんを薬局で示し、購入することになる。

（『朝日新聞』夕刊一九九八年十月二十一日）

承認ではなく「間近」だというだけの記事をなぜ載せる。しかも一面にでかでかと！

比較しても仕方ないけど、ピルの解禁が何年先送りになっていると思う？

環境ホルモンで脅しをかけて、バイアグラで失われかけた自信を回復させようという魂胆なのか。一連の報道でわかったのは、実際に服用するしないにかかわらず、「そのような薬が世の中に存在する」というだけで、希望が湧き、心身が充実（勃起か）する男性が少なからずいるらしいという事実である。「いつも心にバイアグラを」とでも申しましょうか。よーし、オレももうひと花、とでも思っちゃうのか。いや、おめでとさん。

環境ホルモンといい、ホワイトハウスのスキャンダルといい、陰茎の機能回復薬といい、もちろんそれ自体は十分「マジ」なニュースなのである。しかし、これが酒場の談笑レベルまで降りてくると（これがまたよく降りてくるのだ）、必ずデヘヘ……なんて下卑た笑いが座を支配し、話が猥談めいてくる。であればこそこれらはニュースバリューを持ったわけだが、この三つのトピックでセクハラまがいの下ネタが公の場で解禁になった、そんな気がする。ファルスなんて大層な言葉は使ってやんない。陰茎で十分、いやチ×チ×でたくさんだ。

話は変わるが、ここで唐突に思い出すのが、小林よしのり『新ゴーマニズム宣言SPECIAL戦争論』（幻冬舎、一九九八）である。

あれはいったい何なのか。よしりんがあんな風にキレちゃったのも環境ホルモンの影響か、と解釈するのも一興だが、あの漫画の底に流れているのは、ぼんやり平和をむさぼっている今どきのやつらが気に食わないという「気分」である。

そう、『環境ホルモン入門』も『戦争論』もバイアグラに似たところがある。「去勢された者たち」への檄《げき》、いわば「チ×チ×の復権論」なのだ。しかし「ミサイル発射」の例に見るごとく、その種の精神的な勃起力が、そもそも文明の暴走や戦争の牽引力ではなかったか。男は精子が足りなめ、インポ気味くらいでちょうどいい。そう思っているのは私だけではないと思うよ。

（『世界』一九九八年十二月号）

そういえば聞かなくなりましたね「環境ホルモン」。その後の調査で内分泌攪乱物質のほとんどは哺乳類には作用しないと環境省は発表している。クリントン大統領（当時）とモニカ・ルインスキーの不倫騒動も今は昔という感じだし、一九九九年一月には日本でもバイアグラが承認され、三月にはファイザー製薬（当時）が販売を開始した。同社はインポテンツというネガティブな呼称にかわって勃起機能不全をＥＤ（Erectile Dysfunction）と呼び、「ＥＤは恥ずかしい病気ではありません」「お医者さんで相談してください」といった啓蒙広告も流すようになった（ちなみに一九九九年六月には低用量ピルも承認され、同年九月から発売になった）。思えば医師の処方箋が必要な治療薬を「チ×チ×の復権」に短絡させること自体が幼稚な反応だったのだ。

（二〇〇七年一月）

復讐のバレンタインデー

十二月はクリスマス、一月はお正月、そして二月はバレンタインデーの季節である。「の季節」というのは、町の商店街の季節感のこと。デパートにもコンビニにも、成人式が終わったころから、もうバレンタインデー用のチョコレートが並びはじめる。

それにしてもまたたく間に定着し、またたく間に形骸化してしまいましたね、バレンタインデーチョコ。ン十年前、私が中学生だったころは「学校にチョコレートを持ってくるな」などと先生たちがピリピリしていた気がするのに、いまではすっかり季節の贈答品。お中元やお歳暮のお手軽版とでもいうか、すっかり「虚礼」と化してしまった感がある。

小笠原祐子『ＯＬたちの〈レジスタンス〉』（中公新書、一九九八）という本に、バレンタインデーをめぐるおもしろい話が出てくる。

日米のバレンタインデー観を調べたある調査によると、日本とアメリカでは、バレンタインデーの機能がだいぶ異なるらしいのだ。

日本ではバレンタインデーといえば「女性から男性にチョコレートを贈る日」である。

だが、アメリカでは「性別に関係なく愛のカードを交換する日」というイメージが一般的なのだそう。さらに、日本では、贈り物をする場所のトップが職場。アメリカの場合は、恋人同士以外だと、家族間で贈り物をすることが多いという。日本では、職場だけで一人の女性が平均十三人の男性にチョコを贈り、男性は平均して十人の女性からチョコを贈られているそうだ。ちなみにアメリカでは職場での贈り物のやりとりはゼロ。

つまり日本におけるバレンタインチョコの意味合いは「あなたを愛しています」ではなく「お世話になっています」くらいの意味なのだな。「海外では」という話を持ち出して日本はダメだという気はないけれど、形骸化といった意味はわかってもらえるだろう。

もっとも、このようなバレンタインデーチョコの形骸化にも、別の意味があるらしい。いかに義理チョコが幅を利かせ、バレンタインデーが儀礼化しているといっても、チョコの数が男性社員の人気のバロメーターであることに変わりはないからである。毎年二月十四日になると、一人で何十個もチョコをせしめている人がいる半面、「今年も一個ももらえなかった」としょげてる人がいるのがその証拠。

さっきの本によると、チョコをめぐるそうした男性社員の心理を逆手にとって、日ごろのうっぷん晴らしに利用しているＯＬも少なからずいるらしいのである。裏でしめしあわせて嫌いな上司にはわざとほかの人より少ない数しか贈らないとか、もらって喜んでいる上司を見て「義理なのに単純よね」と陰でみんなで笑うとか。これではドキドキしている男性社員も浮かばれないが、チョコの数が女性の主導権にゆだねられている以上、もらってももらえなくても、この件ばかりは上司といえども文句はいえない。ＯＬにとってのバレンタインデーは、社内の上下関係・主従関係を逆転させる年に一度のチャンスだったりするのである。

以前、実用書の編集をやっていたころ、私は「バレンタインデーに贈る手作りチョコレートの本」をつくったことがある。仕事をしながら無駄口を叩いていたっけ。

「こうやって一所懸命手作りしても、意味ないんだけどね」

「召し上がるのは結局、彼のお母さんだったり妹だったりするからねえ」

そういえば、今年（一九九九年）は二月十四日が日曜日である。こういう場合、あのイベントは十二日に繰り上がるのか、十五日に繰り下がるのか。それともこれ幸いとみんな無視するのだろうか。ひとごとながら妙に気になる。

（『新潟日報』一九九九年二月四日）

バレンタインデーチョコの「脱恋愛グッズ」化はさらに進み、いまでは「友チョコ」と呼ばれる女の子同士のチョコレート交換も一般的な習慣になった。形骸化・儀礼化というよりも、これはバレンタインデーが「プチギフトの日」として定着した証拠だろう。女子中高生にとってのバレンタインデーは相変わらず「コクリ（愛を告白すること）」の特異日ではあるらしいものの、「本命」と「義理」を分けるなんていう発想も、昔ほどではない気がする。

（二〇〇七年一月）

オヤジとギャル①

「オヤジ」という語が、ここ数年、言論の世界を席巻《せっけん》しているのだそうである。『論座』一九九九年二月号に小谷野敦氏が『「オヤジ」という差別語』と題してそう書いていた。

この言葉は、急速に侮蔑的な「意味」を与えられ、この言葉を投げつけさえすれば問答無用で相手を貶めることのできるものとなった。この言葉の前に、多くの人々が思考を停止するのである。それはあたかも戦争中の「非国民」や、戦後の一時期の「右翼」に近い響きを持っている。

「オヤジ」という語の使い手として、小谷野氏が名指しするのは上野千鶴子、宮台真司、斎藤美奈子らである。

彼のイチャモンは多岐にわたる。概念規定もない語を社会学者が弄《ろう》していいのか。「所詮オヤジ」という言い方は「所詮女だ」とどうちがうのか。「オヤジ」の属性として出てくる「スケベ」は新たな性のダブルスタンダードをつくるだけではないのか。「社畜」から「資本主義批判」を抜いたのが「オヤジ」であり、批判すべきは資本主義ではないのか、等々。

ここまで「オヤジ差別」に憤るのは、ご自身も「オヤジ」の一味だと認識しているからだろうか。そういう男性はとても少ないので、氏の姿勢は賞賛に値する。えらいっ！

ただ、氏の誤解は「オヤジ」を言論界の用語と考えたところからはじまっているように思われる。オヤジという語は「言論の世界」ではなく市井の俗語だ。もっと限定的にいえば、いいだしっぺは女子高校生、あるいはそのＯＧである女子大生やＯＬと推測される。

たとえば女子高校生の発言で構成したある本には、こんな台詞がバシバシ出てくる。

〈電車の中で、オヤジがお尻とか触ってくるの〉〈最低のオヤジ〉〈そのオヤジの会社に電話してやればよかったのに〉〈「二万円でどう？」なんていってくるオヤジもいる〉

（西川その子『女子高生と遊ぼう！』太田出版、一九九四）

こういった「オヤジ」の用法は、本を開いてみるまでもなく、マクドナルドでコンビニで電車の中で、あるいはテレビやラジオで、もちろん普段の会話からも年中耳に入っ

てくる（少なくとも東京ではそうだ）。最近では、当の中年男性も、

「あいつは困ったオヤジだからな」

なんて論評の仕方は普通にするし、くだらないダジャレや猥談をしかけた後で自ら、

「いやあ、いまのはオヤジだったな、ごめんごめん」

くらいのことはいう。

宮台真司や上野千鶴子は社会学者だ。フィールドワークの中で、こうした「オヤジ」は当然網にかかってきただろう。斎藤美奈子もまあ同様である。彼らはつまり、巷《ちまた》の俗語を拝借、模倣、あるいはそれに便乗、追随した口なのである。宮台、上野、斎藤らが挑発的な物言いを好むオッチョコチョイなのは事実だが、「オヤジ」という語を研究なさるなら、こんな連中の言説をちびちび探してからむより、週刊誌や女性誌に当たったほうがよほど実りが多いと思いますけどね。または村上龍みたいに渋谷で女子高生に取材《ナンパ》するとか。

とはいえ、氏の提言に従って「オヤジ」の「概念規定」を考えてみるのも悪くないだろう。

小谷野氏が指摘するように、「オヤジ」が「差別語」の亜種なのは間違いない。しかし、これはむしろ「侮蔑語」「蔑称」「嘲笑的呼称」というべきだろう。

少なくとも私がこの「蔑称」を用いるときは、その対象者を積極的、確信犯的に、差

別というより「侮蔑」あるいは「揶揄」したい場合だ。〈差別とは、当人に責任のない属性、ないしは合理的には欠陥ではない属性に基づいて人を貶下《へんげ》すること〉という小谷野氏の定義に従えば、オヤジは差別語には当たらない。なぜならこれは「当人に責任のある属性、ないしは合理的にも欠陥である属性」に基づいているからだ。

私見によれば、「オヤジ」の属性には三つの側面がある。

①女を性の対象としか見ない好色性

②社会的な権力を笠に着た厚かましさ

③①②が周囲に与える不快感に気づかない鈍感さ

そのような「悪しき男性性」を総合的、感覚的に評した呼称が「オヤジ」であり、それが中年男性一般を指す語彙と重なったのは、事実、その世代の男性に好ましからざる性向が顕著だったからだろう。問題は「オヤジ」ではなく「オヤジ的なるもの」なのだ。

大人の男性に好色な眼差しを向けられ、半面、強圧的な態度を取られることも多い十代、二十代の女性が、うっぷん晴らしを兼ねたせめてものレジスタンスとして、大人の男あるいは「男性社会」に投げつけたのが「オヤジ」という語だったのではないか。そこに含まれるのは「悪しき男性性を自覚せよ」というメッセージであり、この語が急速に広まったのは人々が「悪しき男性性」に嫌悪を感じ、その恥ずかしさに気づきはじめたからだろう。

考えようによっては、これは画期的な進歩かもしれない。なぜっていままでの歴史で「図々しい女」や「女々しい男」が差別されることはあっても、「悪しき男性性」が差別（より正確には侮蔑）の対象になることは、あまりなかったはずだからである。

ってなことを、わざわざ説明しないとわからないってこと自体、「オヤジ」の証明かもしれないが、いずれにしても鬼の首をとったように「差別」を告発する前に、なぜ「侮蔑」されるかを考えてみるほうが、大人の男性にとっては重要なのではあるまいか。

（『世界』一九九九年三月号）

オヤジとギャル②

近ごろあまり流行らなくなったことばにカタカナの「オヤジ」がある。

私自身、おもしろがってときどき使っていた（いまでもたまには使う）のだが、それに怒った人がいた。小谷野敦さんである。もう四年も前のことになるけれど、「『オヤジ』という差別語」という論文で、小谷野さんは「オヤジ」という語を流行らせた当事者として、上野千鶴子、宮台真司、斎藤美奈子の三人を名指ししたのだった。

余談だが、この論文が掲載された『論座』の同じページには、朝日新聞社から出たばかりだった嵐山光三郎氏の新著『不良中年は色っぽい』の自社広告が載っていて、そこには、

ケチでズボラでひがみっぽく、せっかちだけどあきらめ早く、妙なところが生《き》一本の純情派。見た目だけではわからない、オヤジの素はこれだ！

という広告コピーが載っていた。その呉越同舟《ごえつどうしゅう》ぶり（？）のほうが私にはおかしくて、

しばし笑わせてもらったのだけれど、せっかく批判していただいたのだからと別の雑誌に短い反論を書いた（前項「オヤジとギャル①」参照）。

さて、唐突にこんなことを思い出したのは、ある女性が、こないだ急に、

「このごろ自分がオヤジ化しているような気がする」

といい出したからである。若者向け雑誌の編集者である彼女はまだ三十代の前半で、「老化」や「中年化」を心配するような年ではないのだが、自分も含めた大人が若い男の子を扱う態度が「オヤジがギャルを扱う態度」に似てきているというのである。

「キミはそんなことも知らないのか。かわいいねえ。ハハハハ」

的なノリ（この場合の「そんなこと」は世界情勢や政治経済などにまつわる常識）。逆に、

「えーっ、×××も知らないんですかー」

とギャルに突っ込まれて、

「いやあオジサン、一本とられちゃったな」

と頭をポリポリ掻《か》く感じ（この場合の「×××」は半径三メートル以内のどうでもいい話題）。

そのような扱い方が、女子に対してのみならず男子に対しても及んでいる、それが彼女の説である。要するに、真正面からまともにぶつからない。相手をちゃんとした大人

の人間として扱わない。それって若い女の子に「それはね……」と得意げに「そんなこと」について説明する説教オヤジよりタチが悪いと思うんですよ、とも。

いやはや、ややっこしいことになったものである。

「オヤジギャル」という語が流行したのは十五年近くも前のことだが（命名者はマンガ家の中尊寺ゆつこさんで、たしか一九九〇年の流行語大賞にも入賞したはずだ）、それは居酒屋で酒を飲むなどの「オヤジっぽい素行のギャル」を指すことばだった。一方、先の彼女がいう「オヤジ化」はメンタルな部分、人間関係の部分でのそれを指す。「オヤジ性」注目すべきは「オヤジ」が関係性の問題としてとらえられている点だ。「オヤジ性」は「ギャル」と対になったとき、もっとも強力に発動されるのである。

小谷野さんの批判に答えて、そういえば私も書いたのだった。

「オヤジ」の属性とは〈①女を性の対象としか見ない好色性、②社会的な権力を笠に着た厚かましさ、③①②が周囲に与える不快感に気づかない鈍感さ〉であり、それを流行らせたのは言論人ではなく〈大人の男性に好色な眼差しを向けられ、半面、強圧的な態度を取られることも多い十代、二十代の女性〉なんじゃないのかと。

九九年には「コギャル」なる語も流行っていたのだった。しかし、もはや「コギャル」は街から消え、「オヤジという差別語」にも一時の威力はない。そのかわり「オヤジ化」の波が女性にも及んでいる？　これは男の子の「ギャル化」と一対の現象のような気もする。
「ボク、わかんなーい」なんて「かわいさ」でごまかす男、多いもん。全然かわいくないけど。

（『言語』二〇〇三年八月号）

看護婦と看護師

そうなのだ。慣れてしまえば、どうってことはないのである。

気がつけば「看護婦」という呼称は公の場から姿を消し、メディアでは「看護師」がすでに一般的である。この三月（二〇〇三年）で放映が終わった各局のテレビドラマでもこの傾向は顕著であった。

「保母／保父」ではなく「保育士」（日本テレビ「よい子の味方」）。

「助産婦」ではなく「助産師」（NHK「赤ちゃんをさがせ」）。

木村拓哉がパイロットを演じて高視聴率を叩きだしたTBS「GOOD LUCK!!」でも、かつて「スチュワーデス」と呼ばれていた職業が「キャビン・アテンダント（略してCA）」と呼ばれていた。「スッチー」なんて呼称は古いんですね、もう。

同一内容の資格や職種については男女同一の名称にすべし——この方針が打ち出されたのは、一九九九年四月一日から施行された、改正男女雇用機会均等法である。保育士のほかにも、スチュワーデスは客室乗務員に、ウェイトレス／ウェイターはフロアスタッフに、カメラマンは撮影スタッフになど、求人広告のガイドラインとしてさまざまな例が示された。

こういう指導が出ると、しかし、必ず反発する方々が出てくるのである。古い話を蒸し返して恐縮ですけど、たとえばこんな意見。

ではどういうように記せばいいのか。／ここで考えられるのは、看護士という言葉である。／この言葉は以前からあって、精神病院やリハビリ施設などで、看護資格をもった男性を採用してきた。／（略）女性を求める場合には、やはり看護婦と書くほうがわかりやすい。／だが、これをつかってはいけないというのだから、問題はややこしくなる。／わたしの知人の病院長は、「女性の看護士」と書こうかと思ったが、これではかえって訴えられそうだといって、頭を抱えていたけれど。

（渡辺淳一「風のように」／『週刊現代』一九九九年四月二十四日号）

べつに頭を抱えることはない。「看護師」でいいのである。こんなイチャモンもあった。

保育士の士の字にしても「オス（雄）」という意味であって本来英語でいうマン、つまり結局、男だ。これも目的から言えばおかしい。不可!（略）／今までの例を顧みると、一部における言葉狩りはいずれ社会全般での強要に変貌していくこと間違いなし。
（デーモン小暮「ひでーもんだ」／『週刊朝日』一九九九年四月十六日号）

この意見には、まーたしかに一理ある。

なぜ保育士は保育「士」で、看護師は看護「師」なのか。調べてみると、「保母&保父→保育士」は児童福祉法施行令の改正（一九九九年）による名称変更。「看護婦&看護士→看護師」は保健婦助産婦看護婦法（現在は保健師助産師看護師法）の一部改正（二〇〇一年）に伴う名称変更で、〇二年三月から「看護師」の名称に統一されたのだそうだ。

デーモン小暮がいうように「士」には「男」の意味がある。「武士」の士、「兵士」の士ですからね。おそらくは、消防士、操縦士、弁護士、税理士、代議士など「士」のつく職種も、その職業ができた当初は男性しか想定されていなかったにちがいない。看護婦、助産婦、保健婦など「婦」のつく職種が女性の職業と考えられていたのと同様に。

しかし、従来の「男性職域」に女性が進出していったことで、「士」の字における「男」のニュアンスはすでに薄れている。その一方で、しかし「婦」という文字から「女」のニュアンスを消すのはむずかしい。九九年の改正法とは、従来の「女性職域」に男性が進出したことによる不具合を解消するという面が大きかったのではなかろうか。

いずれにしても、施行から四年もたてば、現場が混乱するだの言葉狩りだのといった批判も杞憂《きゆう》（言いがかり？）にすぎず、つべこべ文句をたれていたのが遠い過去に思えてくる。

あ、そうそう。法改正で名称こそ「婦」から「師」に変わったものの、いまだ男性に門戸が開かれていない職種に「助産師」がある。

「男性助産師、いいんじゃないの。男の産婦人科医もいるんだし」

といったら、そう簡単にはいかないのだと反対論者に諭された。

「スケベ心で助産師を志す不逞《ふてい》のヤカラがいたらどーするのって話よ」

またもう、すぐそういう妄想を働かせる。それって「看護婦さん」にコスプレ的な性的妄想をかきたてられるのと同じレベルじゃないのぉ？

あ、ちがいますか。しかし、それもやがては杞憂（言いがかり？）だったと感じる日がくるだろう。助産師だもん。案ずるより産むが易しというじゃないですか。

（『言語』二〇〇三年五月号）

二〇〇六年末現在、業界団体などの強い反対にあって、男性助産師への門戸はいまだに開放されていない。「妊産婦の人権がどうたらこうたら」「女性の羞恥心《しゅうちしん》がなんたらかんたら」という理由だが、しかし文中でも述べたように、男性の産婦人科医はオッケーなのに、なぜ

男性の助産師はダメなのか。生命が誕生する瞬間に立ち会う仕事に就きたいと希望する男性だっているかもしれないのに、どう考えてもこれは男性差別である。妊産婦にも助産師を選ぶ権利はあるのだから、いやなら男性を拒否すればいいだけの話だろう。要するにこれは「助産婦さん」たちが職業的な既得権益を守りたい（女性限定の職種ってもう少ないですからね）というだけの話なのではないかとついつい勘ぐってしまう。

（二〇〇七年一月）

＝

二〇一〇年五月現在、男性への助産師の門戸はまだ開かれていない。

（二〇一〇年五月）

HAGEとHIGE

二〇〇二年の末まで二年半、某雑誌で男性誌ウォッチングの連載を続けてきた。雑誌界の最近のトレンドは「中高年男性向けファッション誌」なのである。

たとえば『BRIO（ブリオ）』。これは『JJ』や『VERY』などの女性誌で知られる光文社のライフスタイル雑誌で、読者は四十代以上の男性と思われる。

この雑誌のキーワードは「そろそろ」だ。

〈そろそろあの銀座の名店に足を踏み入れてもいい時期だろう〉

〈カシミア100％のコートはもはや他人事ではない。そろそろ自分のためのアイテムと思うべきである〉

随所に溢れる「そろそろ大人の贅沢を楽しもう」「キミはもう小僧じゃないんだぜ」のメッセージがまぶしい。

あるいは『LEON（レオン）』。やはり女性誌の老舗・主婦と生活社発行のファッション誌で、コンセプトはズバリ「もてるオヤジの作り方」だ。

〈お洒落オヤジはメリハリ上手〉

〈モテるオヤジは時計がちがう〉
〈リッチなオヤジに見せるのはネイビーの3/4丈コート〉
「オヤジ」というネガティブな意味で使われてきた語を、ポジティブに変換しようとしている点が新しい（のだろうか、ほんとに）。

中高年男性とファッション——もっとも遠い関係みたいだが、じつはそうでもないのである。「ハタチの魂百まで」で、デートの仕方から洋服の着こなしまでを雑誌に学んだ八〇年代の「マニュアル世代」もいまや四十代、それがこの現象の意味するところだ。

中高年のおしゃれの前にはしかし、さまざまな障壁が立ちはだかる。

胴回りなんかはお洋服で隠すとして、隠せないのは、そう、頭頂部である。これらの雑誌の読者層は私の同世代でもあるわけで、昔の同級生などに会ったりすると、私もショックで卒倒しそうになることがある。わわわ、あの美少年が……。

「そろそろキミも頭髪の心配をしてみないか？」

それがこの年代なのだ。

ＨＡＧＥ問題はジェンダー問題のかなりコアな部分ではないか。そう思うようになったのは、頭髪問題を社会学的に考察した、須長史生『ハゲを生きる——外見と男らしさの社会学』（勁草書房、一九九九）を読んでからのことである。ＨＡＧＥはモテないし、カッコ悪い。かといって無理やり隠すと「バーコード頭」と冷やかされたり「カツラ疑惑」が浮上したりする。ＨＡＧＥは出しても隠しても差別される。それに比べたら、女性に投げつけられる差別語＝ＢＵＳＵなんて主観的なだけマシ！　それがこの本の主張するところ。

　ううむ、そうかも。以来「このハゲチャビン」なんて罵倒語は極力慎むようにしている私。ＨＡＧＥとローマ字表記にしているのだって、これでも気ぃ遣っているつもりなのだ。

　ところが、人の気遣いに反してファッション誌は明るい。『ＬＥＯＮ』掲載のある記事を読んで、私は『ハゲを生きる』以上に感動した。〈コドモには真似のできない究極のテクニック〉と題された記事のキャッチフレーズは〈ハゲたらヒゲを〉。

〈口ヒゲ、顎ヒゲ、いずれもＯＫだが、無精に見えてちゃんと手入れされている絶妙なシェイビングがコツ〉

〈ファッションやＴＰＯに合わせた「ハゲスタイリング」を楽しめれば、もうあなたはシブ系オヤジの座を射止めたも同然だ〉

　なんてポジティブ・シンキングな発想！　「欠点を長所に変える」は女性誌の得意技だが、なるほど一方が薄くなったら一方を生やせばいいのか！

　と感心していたのだが、世間は甘くない。〈無精に見えてちゃんと手入れされている絶妙なシェイビング〉は中高年の専売特許でもなかったのだ。中田英寿といいイチローといいベッカムといい若手俳優の面々といい、そこはかとなくバッチイ感じのヒゲ面が、若者たちの間でもファッションとして、いまや流行のきざしである。

こうなると中高年もウカウカしてはいられない。

ちなみに先の記事が〈ハゲたらヒゲを〉のお手本として掲げる写真は、ジャック・ニコルソン、ジャン・レノ、ショーン・コネリー、ブルース・ウィリス、ニコラス・ケイジ。お手本と仰ぐには頭髪以前に造作の問題が大きいような……。まあ女性誌とて藤原紀香とかをお手本にしているんだから、おんなじだけど。

(『言語』二〇〇三年二月号)

冒頭に述べた「連載」は、その後『男性誌探訪』(朝日新聞社、二〇〇三)という本にまとまりました。

(二〇〇七年一月)

===

『BRIO』は二〇〇九年八月号をもって休刊した。なお『男性誌探訪』は『麗しき男性誌』と改題。現在は文春文庫で読めます。

(二〇一〇年五月)

進化とパンツ

『週刊ポスト』が脱ヌード宣言をしたという。

「ヘアヌードに挑戦する時代は終わった」が公式見解らしい。

それを聞いて思い出したのが若者雑誌『ホットドッグ・プレス』の路線変更だ。女の子をいかにして落とすかというナンパ術に職人的な執念を燃やしてきた『ホットドッグ』は二年前、完全リニューアルして二十代向けのファッション雑誌に生まれ変わったのである。

ナンパから撤退した『ホットドッグ』。ヌードから撤退した『ポスト』。

はてこれは、進歩なのか後退なのか。

まず『ホットドッグ』。当時は意味がよくわからなかったものの、いま考えると、あれは脱ナンパというより、高度に政治的な方針転換だったといえなくもない。モテたいという目的や願望は同じでも、こっちから彼女のお尻を追い回すのではなく、あっちから寄ってくるように自分を磨く。攻めから守りへ。追う男から待つ男へ。野蛮な狩猟採集の風習を捨て、自分の土壌を耕す農耕文明を選ぶ。長い目で見ると、これは大きな質的転換である。

『ポスト』はどうか。週刊各誌がえらいこっちゃと大事件のように報じているので、今週発売の七月九日号を買ってみた。なーんだ、そういう意味だったのか。セクシーグラビア、ちゃんと残っておりました。それも二十五ページも！　ただし以前とちがうのは、二十八カットに登場する五人の美女全員がパンツをはいて（二十七カットまではブラジャーもして）いたことである。脱ヌード宣言というよりも、着パンツ宣言。エデンの園を追われたイブがパンツをはく。「パンツをはいたサル」じゃないけど、これもサルからヒトへの進化だろうか。

この場合はパンツを脱ぐまでが進化で、ヘアヌードからの撤退は後退であるって？　そう、日本のヌード写真が「ヘア」の露出にたどりつくまでには長い歴史があった。しかし、〈写真における近代ヌードの歴史は男による女の身体への「視姦」の歴史である〉（笠原美智子『ヌードのポリティクス』筑摩書房、一九九八）という大原則にてらせば、どっちだって大差ないでしょ。毛の有無ごときで騒ぐあなたの進化を望みたいわ。

（『朝日新聞』夕刊二〇〇四年七月三日）

こうして「着パンツ宣言」をした『週刊ポスト』だが、おかげで部数は低迷。パンツを脱ぎ続けているライバルの『週刊現代』に水をあけられている由。なお『ホットドッグ・プレ

ス』は二〇〇四年十二月号をもって休刊した。

（二〇一〇年五月）

イケてる年齢

雑誌が軒並み不振の中、ファッション雑誌だけはじわりじわりと領地を拡大している。

ご存じのように（ご存じですよね）九〇年代末から創刊ラッシュが続いたのが、四十代の女性向けファッション雑誌だった。『ストーリー』『マイフォーティーズ』『メイプル』などなどである。これらのメインターゲットは八〇年代末のバブル期前後に女子大生だった人たちで、新興四十代雑誌は、『家庭画報』『婦人画報』『ミセス』等の、いかにも奥様然と取りすました旧来の女性誌とは明らかに一線を画している。子育ても一段落したいま、もう一度オシャレを楽しまなくちゃというポジティブな雰囲気がいっぱい。

一方、やはり九〇年代の終わりごろから創刊ラッシュになったのが、十代前半、ローティーン向けのファッション雑誌だ。『ニコラ』『メロン』『ラブベリー』『キャンディ』といった新雑誌に加え、おまじない雑誌として八〇年代に創刊された『ピチレモン』も同じころファッション雑誌にリニューアルした。これらの特徴は『ポップティーン』や『カワイイ！』といった従来からあるティーンズ雑誌のさらに下の世代を狙っていることで、出てくる読者モデルは化粧なんかしているけれど、ほとんどコドモ。

七〇年創刊の『アンアン』、七一年創刊の『ノンノ』をファッション雑誌の嚆矢《こうし》とするなら、女性誌はつまり、三十年かけて上の世代と下の世代に向けて勢力を拡大してきたことになる。

中年と中学生はかつては「おしゃれの対象外」とされてきた世代だった。いいかえると「恋愛市場の対象外」だった。その市場に踏みこんで、「いえいえ、あなたはまだ（もう）イケてます」というメッセージをこれらの雑誌は強烈に放っている。

それでも開発の余地っていうのは、どこかに残っているのである。

このジャンルも、もうジャブジャブだろうと思っていたら、新たな四十代向けファッション誌が今年（二〇〇四年）の春、また創刊されたのであった。『Ｐｒｅｃｉｏｕｓ（プレシャス）』（小学館）である。この雑誌の特徴は四十代の働く女性をターゲットにしていることで、謳《うた》い文句は「成熟世代のキャリアファッション誌」。この層を狙ったファッション誌は、ありそうでなかったのだ。キャリアな中年女性が読者対象だから、

帝国ホテルのスイートルームでショップのオーナーなどを対象にインテリアの講義。慣れないことに緊張が高まる。威圧的な印象にならないよう、ミックスツイードのジャケットに明るい色のインナーを合わせて。（『Ｐｒｅｃｉｏｕｓ』二〇〇四年十月号）

なんていう、マジメに考えるとバカバカしいキャプションがついていたりはするものの、中途半端な主婦向けファッション雑誌に比べたら、働く女性にとっての実用性はたしかに高い。

ローティーン雑誌のほうも、もうこれで打ち止めかと思ったら、昨年、やはり後発誌が登場した。『Ｈａｎａｃｈｕ（ハナチュー）』（主婦の友社）である。「ハナチュー」とは「花の中学生」の意味。ローティーンという漠然とした世代ではなく「中学生」に狙いを定めているのが特徴で、だから特集も制服の着こなし、着くずしだったりする。

なみは、すごく学校ではマジメちゃんなんでぇ、コレは放課後お出かけ用だよ。どうチェンジするかってゆーと、まず赤のデカリボンをつけて、シャツは胸もとボタン2コ開け、そでは2つ折りで、ロゴネのアクセをつけて、えりはちょこっと立てるの。

（『Ｈａｎａｃｈｕ』二〇〇四年十月号）

ってな案配だ。中学生は「コギャル」と呼ばれていた高校生よりもっと下。女子高生風の制服ファッションでも、十分背伸びの「お姉さんぶりっこ」なのである。

二つの新興ファッション誌に図らずも共通するのは、ある種のお仕事感である。「自分の居場所」を意識した「だってこれが本業だし……」な気分。

当たり前だが、働く女性は一週間の大半を職場ですごすわけだし、中学生は学校に行っているのだ。職場や学校で何をどう着るかが、最大の関心事なのは当然のこと。逆にいうと、旧来の女性誌がいかに「オン」の時間を迫害してきたかである。女子高生、女子大生、フリーター、ＯＬ、主婦……そのへんの層の、しかも「オフタイム」にしか興味がなかった女性誌文化。

このままいくと、十年後には小学生と六十代、七十代向けのファッション誌が全盛になっていることだろう。女性誌文化三十数年の歴史をふり返れば、当然そうなる。

（『言語』二〇〇四年十一月号）

本文中にあげた雑誌のうち、『マイフォーティーズ』は二〇〇六年十月号、『メロン』は二〇〇五年六月号、『キャンディ』は二〇〇六年三月号、『カワイイ！』は二〇〇九年六月号で休刊した。

（二〇一〇年五月）

クジャクの戦略

雑誌もいまや完全に三十代、四十代のオトナ頼みだ。

「ちょい不良《ワル》オヤジ」のコピーで売った『LEON（レオン）』（主婦と生活社）の姉妹誌『NIKITA（ニキータ）』（同）には驚いた人も多かったのではなかろうか。

なにせ創刊号の特集は「コムスメに勝つ」である。

いま出ている創刊二号の特集も「モテる艶女のSEXY定番」で、なんというか♀度全開だ。ちなみに「艶女」は「アデージョ」と読む。彼女らが付き合う男は「艶男（アディオス）」で、ファッションのポイントは「艶尻（アデジリ）」だ。こんな層の女性が日本列島に現実に棲息《せいそく》するかどうかは別として、ま、ここまで行けばご立派である。

一方、男性誌のほうはというと、「へえ」と思ったのが十月末にパイロット版として創刊された『TARGET（ターゲット）』（講談社）である。こちらのコンセプトは「艶女」ならぬ「色男」。これはこれで思い切った戦略といえなくもない。最初の号の特集にいわく。

恋人はもちろんのこと、女性のクライアント、上司、部下、同僚を魅了できない男はもはや勝ち残れない——男の価値は女が決める時代です。女性の感性、意見、良さを取り入れる男には自然と色気が身につくものです。

（『TARGET』二〇〇四年十一月八日号）

でもって特集タイトルは、

「洋服選び、『恋愛』を忘れていませんか？」

六〇年代の末、「ピーコック革命」という言葉が流行ったことがあった。男性の衣服にもカラーシャツなどカラフルな色をという動きのことだが、思えばあんなのはピーコックでも何でもなかったのである。女性の目を意識した「色男」とは、まさに求愛行動におけるクジャクの戦略と同じ。マッチョ感がぬぐえぬ「ちょい不良《ワル》」路線よりは好感度大かも。

しかし、いい年をしたオトナがいまだに♂だ♀だと騒いでいる横で、どういうわけだか若い衆のファッションに「モテる」の要素は希薄である。

若者雑誌に近い筋に理由を聞くと、

「さあ、彼らは自分が好きすぎて、異性は眼中にないんじゃないですかね」

自分と恋愛しているのか。単性生殖のミジンコみたいやな。

（『朝日新聞』夕刊二〇〇四年十一月二十日）

という風に、ちょっと期待した新雑誌『TARGET』だったのだけれど、残念、これはパイロット版が何号か出ただけで、幻の新雑誌となってしまった。「ちょい不良オヤジ」までは受け入れても、クジャクの戦略は日本の男性にはまだ早かったということだろうか。

（二〇〇七年一月）

『NIKITA』は二〇〇八年三月号をもって休刊した。『LEON』はいまのところ生き残っているが、さて、いつまでもつだろう。

（二〇一〇年五月）

麗しのゼンマイ時計

　腕時計が流行らしい。男性ファッション誌の裏表紙を見れば一目瞭然。最新号（二〇〇三年十二月号）の裏表紙はのきなみ腕時計の広告だ。ページを開けば、高級腕時計の広告やタイアップ記事がさらにザクザク出てくる。ブレゲ、ショパール、カルティエ、ゼニス、パネライ、オーデマ・ピゲ、パテック・フィリップ、フランク・ミュラー……。

　一方の女性誌はといえば、これまではバッグや靴やアクセサリーが中心を占めていたファッションページに、やはり腕時計が進出している。

　不景気もどこふく風のウォッチバブル。腕時計なんてコンビニでン百円から手に入る時代である。ていうか携帯電話があれば腕時計自体が要らない。だのになぜこのブーム？

　みなさまが欲しがっているのは、じつはああいう電池式のお安いクォーツ時計じゃないんですね。機械式、つまりゼンマイと歯車の時計じゃないと価値がないらしい。それもクロノグラフっていうんですか、ストップウォッチ機能なんかがついたやつ。文字盤に「AUTOMATIC」の文字が麗々しく入っていたり、外からムーブメントが見えるよう、文字盤に窓があるのや裏がスケルトンになったのもある。

思えば妙な時代になったものです。仮に時計の目的が「時間を見ること」で、その価値が「正確さ」にあるとしたら、所期の目的はとっくに達成されているのである。しかも安くて便利。時計の進化はそこで一応「上がり」なんだけど、そしたら今度は機械式に人気が出る。時計はもはや「時を知るための道具」ではないってことだ。では目的は何か。

女性誌が掲げる目的は、非常にわかりやすい。

ロレックスもカルティエもひと通り持っている人が次に買い足し始めているのがフランク・ミュラー。独特のボリューム感と存在感が、今までにない手元のアクセントに。

（『CLASSY.』二〇〇三年十二月号）

機能の説明が一切ないのもそこはかとなく女をバカにしている気はするが、完全にアクセサリー感覚である。同じブランドの時計でも、それが男性誌の記事ではこのようになる。

ごく限られたコレクター向けに、ひとり工房で時計作りをしていた頃から、フランク・ミュラーは賞賛されてきた。トゥールビヨン、永久カレンダー、ミニッツリピーター……、複雑な機構を組み合わせ、今までにない精緻なムーブメントを創り上げていたからだ。

（『Ｅｓｑｕｉｒｅ』二〇〇三年十二月号）

ボクらは機能を重視してるんだ、と是が非でも主張したいらしい。この感じはクルマに似ているかもしれない。高級輸入車に人気があるのは機能が優れているからだ、ということになっているけれど、要は世界の一流品を所有する喜びと、あとは人に見せる（見られる）快感といっていいだろう。フェラーリの性能なんて日本の公道で使い切れるわけないんだから。腕時計も同じで、マニアによると、「電池式は戦場や極地では役に立たない。電池が切れたらどうするのさ」ということになるらしいのだが、１１７に電話して年中時刻合わせをしているあなたは戦場や極地ではどうするのさ（っていうか、いつ戦場や極地に行くのさ）。

いや、機械式の腕時計も素敵だとは思うんだ。ただ問題はお値段である。『ＣＬＡＳＳＹ.（クラッシィ）』が〈シンプルにも重ねづけにも対応する万能選手〉と薦める「トノウ・カーベックス」の高級モデルは五十八万円、『Ｅｓｑｕｉｒｅ（エスクァイア）』が〈ビジネスシーンにふさわしい〉と薦める「ロングアイランド・ビーレトログラード」にいたっては百七十五万円。

それでもスイス製の腕時計はドイツ車よりはずっと安価だし、クルマとちがって場所もとらないから何本でも所有できる。このような装身具としての時計の新たな機能(?)に雑誌は絶妙な呼び名を与えた。すなわち「自己表現」。大人は言い訳がうまいよなあ。ブランドバッグに群がる女の子たちのことは平気でバカにするくせに。

腕時計は英語では「見る」を意味するwatchだが、フランス語では「見せる(montrer)」から派生したmontreである。ガンダーラ井上『人生に必要な30の腕時計』(岩波アクティブ新書)には、そんなことが書いてあった。

見るから見せるへ。あれはリストウォッチではなくリストショーなのね。〈男にとって、「いいネクタイですね」と言われるよりも、「その時計は○○ですね」と言われるほうが嬉しい〉(『人生に必要な30の腕時計』)そうだ。

隣の人の手首をウォッチしてみよう。意外なショーアップぶりが拝めるかもしれない。

(『言語』二〇〇四年一月号)

国際恋愛のおきて

先日来日したペ・ヨンジュンにＮＨＫの海老沢会長が感謝状を贈ったそうだ。会長は「冬のソナタ」のコンビは「君の名は」みたいだねと語り、日韓合作ドラマの可能性についても「いずれそういう話になるのでは」と述べたという。

わっ楽しみ、と喜ぶファンは多いと思うが、さあどうだろう。こいつは新たな紛争の火種ともなりかねない。日韓合同で恋愛ドラマを制作する場合、男性と女性のどちらを日本人、どちらを韓国人にするかがじつは問題だからである。

韓国文化研究者の野平俊水氏によると、韓国では日本文化の開放前から日韓恋愛ドラマが多数制作されてきたが、それらはすべて韓国男性×日本女性の組み合わせだったという。深田恭子がヒロインを演じた日韓合作ドラマ「フレンズ」もこのパターン。韓国ではこのパターン以外受けつけぬらしいのだ（『韓国のなかのトンデモ日本人』双葉社、二〇〇四）。

一方の日本では、日韓の恋愛ドラマそのものが少ないが、あっても稲垣吾郎主演の「結婚の条件」のように日本男性×韓国女性のパターンだ。なぜそうなるのか。

『〈朝鮮〉表象の文化誌』（新曜社、二〇〇四）という本で、著者の中根隆行氏が与謝野鉄幹の短編小説「観戦詩人」を引きつつ「植民地の力学」について述べている。「観戦詩人」は二人の日本男性が一人の朝鮮女性を争うという「冬ソナ」もビックリの内容だが、やはり日本男性×朝鮮女性のパターンだ。これが書かれたのは百年前。植民地を題材にした文学では、支配／被支配の関係が、男性／女性の隠喩で描かれることが多いという。

日韓両国で（いやたぶん世界中で）伝統的に好まれるパターンは同じなのだ。すなわち、

「わが国の男×かの国の女」

その背景には、もちろん「わが国」は「かの国」より文化的に上、という暗黙の了解がある。「わが国の男」が「かの国の女」をモノにするからこそ支配者としての快感が得られるわけで、その逆はむずかしい。かつてのハリウッド映画はその典型だった。NHKはこの呪縛から逃れられるか。「君の名は」よりは複雑だよ。

（『朝日新聞』夕刊二〇〇四年六月五日）

「わが国の男×かの国の女」の法則は、往年のハリウッド映画『南太平洋』や『慕情』を思い出せば容易に理解できるだろう。日本では「冬のソナタ」でヒロインを演じたチェ・ジウ

と竹野内豊の共演によるＴＢＳドラマ「輪舞曲—ロンド」が二〇〇六年に放映されたが、これも「わが国の男×かの国の女」の法則を踏襲していた。日韓合作映画はその後も続々と製作されている。どちらの国のスタッフが主導権を握っているかに注目しつつ、「植民地の力学」に思いをめぐらせてみると、さらにおもしろい発見があるかもしれない。

（二〇〇七年一月）

個飲化革命

なにげなくテレビをつけたら、タレントの千秋が、同じくタレントの杉本彩とのエピソードを披露していた。番組の打ち上げでお酌をしろといわれ、「そんなものかな」と思いながらビール瓶を手にしたところ、杉本に手首をつかまれたという。

「あなたはそんなことしなくていいの。そんなことはしたい女にさせておけばいいの」

おお、いいぞ杉本彩！

喝采しながら「そういえば最近お酌をする機会って減ったな」と思った。酒席で女性にお酌をさせるのはセクハラの代表例といわれるが、近頃はあまり聞かない。

理由は男の自立でもなく女の自立でもなく、居酒屋文化の変化である。

居酒屋で注文するものといえば、瓶ビールではなく、いまやジョッキに入った生ビール。日本酒もお銚子ではなく、冷酒をコップで飲むのがふつうだし、ウイスキーのボトルをキープする風習も消え、水割りがわりに飲むのは酎ハイだ。酒席から瓶やお銚子が消え、「個飲化」が進んだことで、お酌を必要とする場面自体が減ったのだ。

そう思うと、昼間のお茶くみも同様の道をたどっている。

かつてお茶とは、給湯室で湯をわかし、急須でいれるものだった。だから「女子社員のお茶くみ問題」なるものが派生したのである。

ところが、いまやオフィスにも飲料の自販機が普及し、または電気ポットやコーヒーメーカーが常備され、「個飲化」が進んでいる。いや、それ以前に各自がコンビニでペットボトルを買ってくるから、お茶の面倒自体をみる必要も、茶わんを洗う必要もなくなった。会議のテーブルにも講演会の演壇にも、乗っているのはペットボトルだ。

かくて飲料の自立は酒や茶から働く女性を（そしてたぶん男性も）解放したのである。「おビール二本ね」から「生中三つね」へ。接待や宴会の席でも「みなさん、手酌でいきましょう」といえないなら、個飲化を促進したほうがいい。

あと問題なのはワインか。まあでもワインは「まあまあ、おひとつ」「いやいや、どうも」の席にはどうせ出てこないからいいか。(『朝日新聞』夕刊二〇〇四年七月三十一日)

ペットボトルも環境問題の点から見れば、なるほど問題なしとはいえないだろう。しかし、伊藤園の「お〜いお茶」が女性労働者をお茶くみから解放した面はたしかにある。「個飲化」が進んだ私の周辺では、茶も酒も「飲みたい人が自分で飲む」が当たり前の習慣になっている。その習慣のまま外に行くと、自分のグラスに自分で注ぐ、注いでもらった酒も飲む、そして人のグラスには注がない、という最悪のマナーの人になってしまうのが難点だが、自分のグラスの面倒は自分でみるのがいちばん後腐れがない。職場におけるお茶くみの残るネックは「お客様へのお茶出し」で、これだけはまだかなりの確率で女性の仕事になっている。が、そんな習慣も意識のもち方ひとつで変えるのなんか簡単なのだ。

（二〇〇七年一月）

個飲化革命はその後さらに進み、いまや若者たちの飲み会では、最初からジョッキに入った色とりどりのカクテルをてんでばらばらに注文する習慣が定着している。「生中三つね」さえもすでに中高年の習慣のもよう。いまも「お酌文化」を継承している方たちは相当古いと認識されたい。

（二〇一〇年五月）

オニババの真実

三砂ちづる『オニババ化する女たち』（光文社新書）という本が話題である。

日本の昔話に出てくるオニババやヤマンバは、独身の更年期女性が、山にこもるしかなくなってオニババと化し、ときおりエネルギーの行き場を求めて若い男を襲う話である、と、これが三砂さんの解釈だ。思いっきり単純化していうと、女がセックスも出産もしないでいると醜いオニババになるぞー、という独身女性への脅しである。

ううむ、そうなんでしょうか。

オニババって、もっと多義的なものだったような気がするんだが。

それで思い出したのが水田宗子＋北田幸恵編『山姥たちの物語』（學藝書林、二〇〇二）である。

オニババというかヤマンバの価値を民俗学的、物語論的にひもといたこの本は、いってみればオニババ賛歌だ。能楽の「山姥《やまんば》」も近松浄瑠璃の「嫗山姥《こもち》」もオニババの物語である。絶世の美女にして野垂れ死にした小野小町もオニババなら、「古事記」「日本書紀」のイザナミだってオニババだ。

オニババはまた、西洋の魔女や仏教由来の鬼子母やアイヌの神話や沖縄のユタとも親和性を持ち、樋口一葉や与謝野晶子に文学的インスピレーションを与え、円地文子、野上彌生子、大庭みな子、津島佑子、他多数の現代作家に魅力あふれる物語を書かせた。

つまりオニババは、ちっともネガティブな存在じゃないのである。

産むとか産まないとかいった里（俗世間）のオキテを軽く超越しちゃっているのが山という異界に棲《す》むオニババで、自由奔放、変幻自在。柳田國男は、

「近世の山姥は一方には極端に怖ろしく、鬼女とも名づくべき暴威を振いながら、他の一方ではおりおり里に現れて祭を授け、数々の平和な思い出をその土地に留めている」

と述べているそうだ。

そんなスーパー老女を更年期の独身女なんてレベルに矮小化するのはオニババに失礼である。オニババは自由でたくましい女の別名だ。めざせ、オニババ！

（『朝日新聞』夕刊二〇〇四年十二月十八日）

家内と家人

十一月のはじめに出る本（『物は言いよう』）に夏からずっとかかりっきりで、ようやく解放されたところである。この本のテーマは、セクハラや性差別で、硬めにいえば、まあジェンダー論である。しかし、本人の気分は「ライバルは塩月弥栄子！」。もともとは雑誌連載だった原稿を、実用書風に書き直したのである。

塩月弥栄子『冠婚葬祭入門』（光文社カッパ・ホームス）がベストセラーになったのは一九七〇年。さすがの私もリアルタイムで読んだわけではないものの、大人になって何かの拍子に読む機会があり、ベストセラーになった理由がなんとなく理解できた。現物がいま手元にないので記憶だけでいうけれど、古いしきたりを単に守れというのではなく、現代に即したマナーを、がこの本の趣旨だった。要するに、この時点では合理的だったのである。

とはいうものの、そこはやはり伝統を踏襲したマナーの本である。それから三十数年たった現在では、状況は大きく変わっている。

一例をあげれば、若い、といっても現在三十代後半〜四十代前半の人たちの意識の変容だ。先の本の執筆中、たまたまこの世代、一九六〇年代生まれの男性何人かと話をする機会があり、みんながみんな同じようなことをいうので、やや面食らったのだ。

「彼女にいいように利用されてる気がするんだけど、ハッキリ文句がいえない」

「セクハラになったらマズイと思うし」

「マッチョな男と思われたくない」

以前だったら「男らしくせい！」で話はすんだのかもしれないが、どうもそういう感じではない。彼らの気分の中には、職場の同僚にせよ、プライベートな関係にせよ、「男女平等な関係が築けているのだろうか」という不安があるらしいのである。

最初は「どうせ斎藤に調子を合わせているだけでしょ」くらいの気持ちで話半分に聞いていたものの、彼らの持ち出す例はいちいちもっとも。考えてみると、彼らは男女雇用機会均等法以後の世代である。その世代が中年にさしかかり、女性の部下も増えてきて、

「抑圧的なオヤジとは思われたくない」

と考えだした、そのへんに迷いの原因があるらしい。

これはマナー以前の問題だが、男女平等感覚のバロメーターになるのが、たとえば夫や妻の呼び方である。夫を「主人」と、妻を「家内」と呼ぶことに抵抗を示した最初の世代はおそらく団塊世代である。しかし、いまから思えばそれはごく一部の人の話であ

り、保守回帰した私のクラスメートなどは、いまだに自分の夫を「主人」と、人の夫を「ご主人」と呼び倒している。いまさら中年のオッサン、オバハンをつかまえて「その呼び方に抵抗はないのか」と問う気力もなく私もほったらかしているけれど、じゃあ均等法世代はというと、

「そういうことを考えていない人はいないんじゃないでしょーか」

「少なくとも、夫を主人と呼ぶ女は、こいつはそういうヤツだったのかとは思うよね」

となると問題は「主人」や「家内」に代わる代替案である。

いくら「主人」「家内」がイヤでも、かつて提唱された「パートナー」「連れ合い」口にするのはカッコワルイと感じる人もいる。ごく単純に「夫」「妻」で本当はいいわけだが、「ダンナ」「亭主」「うちの」と夫の呼び方もいろいろだ。

とりわけ男性が妻をどう呼ぶかは、その人のキャラクターを決定するほどの要素であり、「家内」もよくはないが「女房」ならばいいかというと、これも偉そうな感じがある。意外によく聞く「かみさん」「よめさん」「かあちゃん」「うちの奥さん」等は、オドケで逃げ切る戦法か。

また、この世代に意外に多いのが婚姻届を出さない事実婚カップルで（そう思うといま進行しているのは「法律婚離れ」で、一概に晩婚化・非婚化とはいえないかもしれない）、「夫」「妻」とはいいたくない人もいる。そのせいか、最近よく聞くのは男女とも

に「家人」である。「家内」の類語とも思える「家人」だが、彼らにいわせると、「同じ住まいをシェアしているんだから、お互いに家人でいいかなと」

このような時代には、このような時代に合った人付き合いのマナーがあるはずなのだ。こんどの本ではそこまでは行けなかったが、「男女共同参画時代の冠婚葬祭入門」という本もありかもしれない。会社の上司あたりが行う結婚式のスピーチなんて、「新婦はしっかり家庭を守って」だの「早くかわいい赤ちゃんを」だののセクハラ発言の嵐ですからね。

(『言語』二〇〇四年十二月号)

筆は災いの元とでもいうか、ここで「ライバルは塩月弥栄子！」なぞと無責任なことを書いたがために、「これをやりませんか」と誘われて、無謀にも私は『冠婚葬祭のひみつ』(岩波新書、二〇〇六)なんていう本を書き下ろすハメになったのだった。元祖『冠婚葬祭入門』をはじめとする資料を集めて格闘しているうちに、興味は拡散し、冠婚葬祭文化の複雑さにも気づき、婚礼や葬儀の変容ぶりにも驚いて、結果的には「男女共同参画時代の冠婚葬祭入門」といいきれるほどスッキリした内容ではなくなってしまったが、興味がある方はお読みください。また、夫や妻の呼び方問題に関しては、文中でもふれた『物は言いよう』(平凡社、二〇〇四)の中でも、ちょっとだけですが考察しています。

(二〇〇七年一月)

駒子の日本語

川端康成の『雪国』といえば、

〈国境の長いトンネルを抜けると雪国であった〉

である。日本人なら知らない人はいない「ザ・日本文学」だ。

しかし、この「ザ・日本文学」を、私はもはや平静な気持ちでは読めなくなった。駒子や葉子はほんとにこんな日本語を話していたんだろうか……。一度そう思ったら最後、気になっちゃって気になっちゃって、おちおち物語を追う気にはとてもなれない。

たとえば『雪国』（新潮文庫）の冒頭近くに出てくる、葉子と駅長さんのやりとり。

「駅長さん、私です、御機嫌よろしゅうございます。」

「ああ、葉子さんじゃないか。お帰りかい。また寒くなったよ。」

「弟が今度こちらに勤めさせていただいておりますのですってね。お世話さまですわ。」

雪国の山育ちの娘とはとうてい思えぬ言葉づかい。麹町《こうじまち》あたりの若奥さんか何かのようだ。彼らが話す言葉は、そう、少し前の東京の山の手言葉に近いのだ。しかも葉子や駅長さんだけではなく、『雪国』の世界では土地の人たち全員が流暢《りゅうちょう》な東京言葉を話すのである。

ご存じのように『雪国』は一種のリゾラバ（旅先でだけの恋人＝リゾートラバーの略。死語だけど）小説だ。トンネルという異界への通路をくぐれば、そこはもうシャングリラ。主人公の島村は、土地のちょっといい女をナンパして疲れを癒やそうとしている都会の男。むろん妻子持ちである。いまは芸者の駒子とデキてるが、若い葉子も悪くないなあ……。少し冷静に考えれば「ろくでもない男」である。

それでもこれが「ザ・日本文学」の座に君臨してきたのは、〈大変音楽的な美しさと厳しさを持っている〉（伊藤整／『雪国』新潮文庫の解説）と理解されてきたからだ。『雪国』は「美しい日本語」を味わう文学なのである。しかし、伊藤整が「音楽的」というのに反し、視覚、嗅覚、触覚を刺激する巧みな表現に秀でた『雪国』は、聴覚的には信用できない。

先の葉子と駅長さんの会話を「土地の標準語」に直してみる。

「駅長さん、私らて。なじらね。」

「やいーや、葉子さんらねっか。お帰りらかね。ばっかさぁめなったれねー。」
「おじが今度おめさんげに勤めさしてもろてるがんらてね。お世話様らこて。」

はたして『雪国』の語り手は（または川端康成は）、こうした山出しの現地語は叙情性を壊すと考えたのだろうか。あるいは方言では通じないとの親切心から、読者のために翻訳したのか。それとも新潟言葉の適当な監修者に巡り会えなかったのか。

そうかもしれない。しかしこう考えることもできる。すなわち、小説の語り手の耳には駒子らの言葉が届いていなかったのだと。テレビの音声を消した状態、または字幕のない外国語映画を見ている状態。姿は目に入っても、音は聞こえても、彼女らの言葉を語り手は真剣には聞いていない。だから口パクの映像に頭の中で考えたアフレコがつく。島村には（川端にも）駒子も葉子も雪国と同じ景色にすぎず、言葉もただのノイズにすぎなかった……。

同じ川端康成でも『古都』の千重子は京言葉で話していることを思うと微妙なサベツを感じるが、そんなわけでヒロイン駒子は、山間の温泉町の芸者というより東京の跳ねっ返りの女学生のような言葉をつかう。たとえば――。

A「そう？　いやな人ね。なにを言ってるの。しっかりして頂戴。」

B「よくないわ。つらいから帰って頂戴。もう着る着物がないの。あんたのとこへ来る度に、お座敷着を変えたいけれど、すっかり種切れで、これお友達の借着なのよ。悪い子でしょう?」

C「初めて会った時、あなたなんていやな人だろうと思ったわ。あんな失礼なことを言う人ないわ。ほんとうにいやあな気がした。」

このような「美しい日本語」だからこそだろう。『雪国』は言葉遊びにもよく使われてきた。新潮文庫の『文豪ナビ 川端康成』の中で、右の部分を齋藤孝氏が名古屋弁に訳している。

A「ほーけゃあ? いやな人だね。なに言っとるの。しっかりしてちょーで。」

B「いかんわ。つれゃあで帰ってちょ。まあ着る着物があれせんのだわ。あんたんとこへ来るたーんびに、お座敷着を変えてゃあんだけど、つるっと種が切れてまって、これも友達からの借着なんだわ。わるい子でしょー?」

C「初めて会った時、あんたのこと、どえれゃあいやな人だ思ったんだわ。あんなに失礼なこと言う人、おれせんよー。ほんと、いやな気がしとったんだわ。」

まーおもしろくないことはないけどね。ここは雪国、駒子が名古屋弁を話す必然性がどこにあるというのだろうか（だいたい齋藤孝訳では島村も地の文の語り手も名古屋弁なのだ）。

必然性の高い言葉づかい、すなわち土地の言い回しならこうだろう。

Ａ「そういんだ？　やぁな人らて。なに言ってん。しっかりすれて。」

Ｂ「ようねえて。なんぎらすけ帰ってくんなせや。へえ着る着物がねえんらわ。おめってに来る度に、お座敷着こと変えたいろも、よっぱら種切れらすけ、このがん友達んしょの借着なんらわ。わぁり子らろー？」

Ｃ「初めて会った時らったわ、おめさん、ばーっかやな人らと思ったて。あんげ失礼なこと言うしょ、いねぇて。なまらふっとつ、やぁな気がしたれー。」

こんな言葉を駒子はつかわなーい！　と思われるだろうか？　都会の客をもてなす芸者衆はバイリンガルだったのだ、と主張する人もいるかもしれない。

でも、リアリズムではこれに近かったはずなのだ（たぶん）。こんな駒子を島村は（そして読者は）愛せたか。愛せないならたいした愛ではないということである。

（『早稲田文学フリーペーパー　ＷＢ　Ｖｏｌ．０１』二〇〇五年十一月号）

越後美人と出稼ぎ女性

三年前（二〇〇〇年）に上梓《じょうし》した『モダンガール論』という本が文庫になる（文春文庫）ので、もう一度読み返し、部分的に資料にも当たりなおした。二十世紀の初頭から今日まで、百年の歴史の中で日本の若い女性がいかに「出世」を模索してきたかを調べた本だ。

この本を書く過程で、ひとつ衝撃的だったのは、大正末期から昭和初期にかけて、新潟県が日本一の出稼ぎ県だったと知ったことである。いやもちろん、想像はしていましたよ。していましたが、数字が半端じゃないのである。

一九二五（大正十四）年の調査（中央職業紹介事務局編）によると新潟県の出稼ぎ者数は約十五万五千人。二位の島根県、三位の徳島県は約四万人だから三倍以上の多さである。女性の出稼ぎ者だけとってもそれは同じで、一位の新潟県は約七万人。二位の島根県、三位の山梨県はそれぞれ二万人弱。女性出稼ぎ者の四〜五人に一人は新潟出身者だったのだ。

彼女たちが故郷を出て何になったかといえば、多くは女工さんである。『女工哀史』

や『あゝ野麦峠』で知られるように、繊維工業は当時の日本経済をになう基幹産業。小学校を出ると同時に、大勢の少女が長野県や北関東の製糸工場や紡績工場に集団で就職した。

しかし、問題はここから先である。当時の資料を調べていると、ときおりギョッとするような表現に出くわすのだ。たとえば——。

吉原で越後なまりのメリンスの長襦袢《ながじゅばん》をきた女工上りの華魁《おいらん》を買う。

（『中央公論』大正十四（一九二五）年七月号）

ええ、ええ、そうでしょうとも。「越後なまり」の「女工上り」で悪うござんしたねっ。

意味もなくムッとしながら、ふと考える。こういう表現がちょくちょく出てくるからには「越後なまり」で「女工上り」の女性が吉原の遊郭にも相当数いたのではないか。

調べてみたら、東京で働く娼妓《しょうぎ》の出身地は、地元東京を除くと、山形県と新潟県が多数を占め、その後に福島県、秋田県などがつづく。

これは一九一五（大正四）年の調査だから、新潟の出稼ぎ者が急増するこの後にはもっと増えたかもしれないし、女工さんからの転職組やデータに上がってこない私娼まで含めたら、かなりの数の新潟女性が東京はじめ各地の遊郭にいたのではなかろうか。
この事実に気がついてから、私は「新潟美人」「越後美人」という言葉を無邪気には読めなくなった。そりゃあ新潟はもともと美人の産地だったかもしれない。しかし、なぜそれが全国的に有名になったのか。そこに「商品価値」を見いだしてPRする必要があったからじゃないんだろうか。ひとつは新潟や長岡の花街のPRのため。もうひとつは娘を高く売りつけるため。娘を農家に嫁にやるなら、べつに美人でなくていーんだもん。

ま、このへん勘だけでいっているので確証はないのだが、いつかちゃんと調べてみたい気もする。モダンガールが銀座を闊歩《かっぽ》していた時代の裏面史。出稼ぎ女性をなめたらあかん。

（『新潟日報』二〇〇三年十二月二十日）

あとがき

ここ十年ほどの間にあちこちの雑誌や新聞に書いた文章が、気がついたらかなりの分量になっていました。本書は、それらの中から社会、報道、文化、教育などにかかわるエッセイを選んで一冊にまとめたものです。採録にあたっては加筆をほどこし、また必要と思われる項目には後日談や註を書き足しました。

全体の核になったのは、言語学の専門誌『言語』の連載（「ピンポンダッシュ」二〇〇三年一月号〜二〇〇四年十二月号）です。この連載は、折々のニュースや流行現象を日本語を切り口にして考えるという趣向で、言いかえれば「言葉の裏」から世間を眺めることが目的でした。結果的に政治がらみの話題（なのでしょうか）が多くなってしまったのは、連載期間がイラク戦争や北朝鮮問題で揺れている時期と重なったためで、われながらしょーもないことにこだわっているなあと思う半面、言葉と報道を考える上で、またとない思考のレッスンになりました。

本書には地方紙『新潟日報』の連載（「開けゴマ」一九九八年四月〜一九九九年三月／「土曜エッセー」二〇〇三年六月〜二〇〇四年十二月）の一部も収録しました。「裏日本」から眺めることではじめて見える景色もある、とでも申しましょうか。日本語の裏側と日本列島の裏側。両者に関連性はないものの、私に表より裏、正論より邪推、同調よりも反転を好む傾向があるのは事実で、他の媒体に載った文章も、集めてみればどことなく似ている。その傾向をひと言で表現したのが本書のタイトルということになります。

十年前と比べると、さわらぬ神に祟りなしというか、長いものには巻かれろというか、ものが率直に言いにくくなってるな、という気がしてなりません。

そうである以上、こちらにも何か「心の武器」が必要です。巻頭の「宣言」は架空の連盟の架空のマニフェストですが、気分は私も「そ連」です。

雑多なエッセイの山を整理し、見事一冊にまとめてくださったのは『言語』の元編集者でもある小笠原豊樹さん、本書の出版を引き受けていただき、アイディアを発展させてくださったのは白水社の和久田頼男さんです。

お二人はじめ各誌紙担当者のみなさまに感謝して、

「こちら、あとがきのほうになります。以上でよろしかったでしょうか」

というご挨拶で締めくくることといたします。

二〇〇七年一月一日　「そ連」会員第一号　斎藤美奈子

解説

池上彰

書評の専門家の本を解説するなんて、それこそ「それってどうなの」という突っ込みを自分で入れたくなりますが、こんな恐ろしいことをお受けしたのには、理由があります。

本を書く者にとって、斎藤さんは怖い存在。著者本人ですら気づいていないような本質に迫り、著者の偽善を暴き立てる筆致に、二度と立ち上がれない思いをした人は数知れず。そんな悲惨な現場を見て、「どうか斎藤さんの目に留まりませんように」と、びくびくしながら本を書いている人は多いはずです。それは私も同じです。

斎藤さんが文芸作品の書評を書いている間は、文芸と縁のない私のような者にとって、気が休まるのですが、いつ何どき、余計な気を起こされるか、わかったものではありません。

それならいっそのこと、斎藤さんの文庫解説を引き受けてしまえば、以後、さすがの斎藤さんでも、私の本に関しては目こぼしをしてくれるのではないか……。

こんな下心見え見えで、解説を引き受けました。

斎藤さんの舌鋒が、どれだけ鋭いか。その好例が、石原慎太郎に対するものです。『朝日新聞』に掲載された「文芸時評」(二〇一〇年二月二三日付)で、斎藤さんは、雑誌『文學界』二〇一〇年三月号の慎太郎の小説「再生」について批評しています。「再生」は、東京大学先端科学技術研究センターの福島智教授の論文に依拠し、福島教授をモデルに私小説形式で書いた小説です。

斎藤さんは、こう書いています。

「実話をモチーフにした小説作品は珍しくなく、素材に力がある分、小説もそれなりには読ませる。が、特定の出典にここまで依拠した作品を『創作』と呼んで文芸誌の巻頭に載せる意味がわからない」

私の理解が正しければ、これって、「こんなもの掲載するに値しない」と言っているんですよね。

慎太郎の「再生」に関しては、斎藤さんの「時評」とほぼ時を同じくして、他の新聞社にも書評が出ましたが、その内容は、慎太郎を絶賛したり、微温的な批評をしたりするものばかり。異色の論評でした。

さらに、こうも書いています。

「他者を主観的に語るのは、自分を客観的に語るのと同じくらいむずかしい。小説家にはその両方が求められる」「片手間ではとてもできない仕事である」

これは、私の理解が間違っていなければ、「都知事の仕事の片手間に小説もどきのものなんか書くな」と暗に（露骨に）批判しているんですよね。

まあ、慎太郎ほどの鈍感力があれば、二度と立ち上がれないどころか、「たちあがれニッポン」などと唱えながら再生してくるのでしょうが、普通の神経の作家なら、再起不能ですよ。

おっと、いけない。斎藤さんの毒舌が、私にも伝染してしまった。くわばら、くわばら……。

改めて本書を読み返すと、『朝日新聞』の社説の右往左往ぶりを指摘する斎藤さんの舌鋒には鋭いものがあります。朝日新聞社の壁には、「左右の安全をよく確かめて渡りましょう」という標語がかかっているにちがいない、とまで言うのです。

お見事！

これを読んで、まさか本気にする人はいないでしょうが、実際には、社内にこんな標語はかかっていませんからね。「みんなで渡ればこわくない」という標語がかかっていたような気はするのですが……。

あれっ、待てよ。斎藤さんは、『朝日新聞』の「文芸時評」を担当しているんじゃなかったっけ。その前は、『朝日新聞』の書評委員も務めていたはずだが……。

フリーランスにとって、仕事を発注してくれる企業の批判をするのは、勇気のいること。勇気と無謀は紙一重ですが、ここに、筆一本で立っているという矜持を感じます。いよっ、女らしい！

待てよ、斎藤さんも勇気があるが、そんな人に原稿を書かせる『朝日新聞』って、どうよ。こちらも、なかなかさばけた担当者がいるのか、斎藤さんの過去の文章を読んでいない勉強不足の担当者でも務まる仕事なのか……。

いやいや、朝日の懐の深さを見せたいのでしょう。

などと考えながら読んでいると、おやおや、『週刊文春』や『文學界』の企画をおちょくりながら、『ＣＲＥＡ』に原稿を書いたりもしているではありませんか。節操ない、もとい、媒体に媚びることなく、どこにでも自分の文章を書くことができる人なのです。

その斎藤さんの文庫本を出版するのは、言わずと知れた文藝春秋。自社の雑誌をからかう著者の作品でも文庫に収めてしまうところに、文藝春秋の無警戒ぶり、もとい、大らかさを感じます。

私が斎藤さんの存在を意識するようになったのは、一九九九年に出版された『あほらし屋の鐘が鳴る』あたりからでした。皮肉たっぷりに既成の秩序を風刺する手腕に、恐るべき新人（遅咲きだったかも知れないけれど）が出現したと瞠目《どうもく》しました。

その後、次々に送り出される作品群によって、斎藤さんの名が世に知られるようになっていく姿を見ていると、有名タレントを新人時代から応援してきたファンの気持ちになっていました。

でも、そんな斎藤さんに困惑させられた出来事がありました。二〇〇二年に発売された『文章読本さん江』です。

世の中には、さまざまな文章読本が存在しています。それぞれの時代に、『源氏物語』の現代語訳に挑戦してきた作家がいたように、時代を代表する作家やジャーナリストたちが、文章読本を書いてきました。斎藤さんは、それらの本を題材に取り上げ、その愚劣さや著者の思惑を分析・糾弾したのです。

野口英世の母の手紙の稚拙な文章を高く評価してきたお歴々の偽善を指摘した箇所を読んだ時には、絶句するしかありませんでした。

この本の内容には舌を巻くばかりでしたが、この書の出版が、私の人生設計を狂わせました。

私も物書きとして、簡にして要を得た文章が書けるようになりたいと願ってきたひとりです。やがては文章読本の類いの本を出したいという密かな野望を育んでいただけに、

『文章読本さん江』が出てしまったことで、こういう本を書いてはいけないのだと思い知らされたのです。

まあ、自分の才能に早々と（あまり早くなかったけれど）見切りをつけるチャンスを下さった斎藤さんに感謝申し上げるべきなのでしょう。

斎藤さんの才能は、書評の分野に限りません。世の中の動きを批判・風刺・論評する力量の一端を示しているのが、この本です。

本書は、イラク戦争や靖国参拝問題で揺れた一〇年の間に斎藤さんが世に放ったエッセイをまとめたものです。

エッセイとは名がつくものの、社会を見る斎藤さんの視点は鋭く、容赦がありません。日の丸や靖国、皇室と、世の中の多くの評論家にとって題材にしにくいテーマを果敢に俎上《そじょう》に上げ、軽妙に風刺する手腕は、読んでいてひたすら感心するしかないではありませんか。

言葉に敏感な斎藤さんのこと。拉致と連行、空爆と空襲、派遣と派兵、自業自得と自己責任など、一見似たような言葉の違いに着目することで、世の中の歪みをあぶり出します。

たとえば「空爆」と「空襲」。米軍がアフガニスタンやイラクで実行したことは、日本のメディアで「空爆」と表現されましたが、日本が戦争中に受けた「空襲」と、どこが異なるのか、という問題提起には、はっとさせられます。攻撃する側か、される側か、立場によって表現が異なる、というわけです。

第二次世界大戦中も、米軍は空から爆撃（空爆）しましたが、日本人にとっては、空から襲撃（空襲）されたのです。

いつから、この言葉の使い分けが始まったのでしょうか。かつてベトナム戦争中、米軍は北ベトナムを攻撃しました。このとき日本のメディアは「北爆」という言葉を使いました。これは、すでに「攻撃する立場」の表現だったのですね。北ベトナムに住む人たちにとっては、まぎれもない空襲だったのですから。

日本のメディアが、調子に乗って、いや米軍の尻馬に乗って、米軍と同じ観点で戦争を見ていたことがわかってしまいます。これが、そのまま湾岸戦争やアフガニスタン攻撃、イラク戦争へと続いてきたのです。


斎藤さんの文章力は、思わぬところにも発揮されます。たとえば、翻訳文の日本語の話し言葉のおかしさをテーマに取り上げた本書の「バーチャルな語尾」の項では、外国人の会話を日本語に翻訳するときに、どのように表現するかで、イメージが形作られる危険性を指摘しています。

女性の言葉を、「あら、ごめんなさい。でもフォアグラを選ぶなんてあなたらしくないわ」と翻訳している通俗小説の一節を見つけるや、「あなた、これを読んでおかしいと思わなくて？　だってこれ、いまの日本語じゃないんですもの。こんなしゃべり方をする女、いまの日本にはいなくてよ」と、斎藤さんは「いまの日本語じゃない」表現でからかいます。

でも、こんなしゃべり方をなさる方、成城や白金、御殿山なら、まだいらっしゃるかも知れなくてよ。

老人が話す「わしゃ……じゃよ」という主語と語尾に関しては、「そんな風にしゃべる古老が本当におるのじゃろうか」と反論。「おら……しただ」という表現は、「おらは聞いたことねえだがな」と、日本語表現者の偏見・怠慢を糾弾します。

島根県や広島県で記者として勤務し、古老と会話していたわしゃ、よく聞いたことがある表現じゃがな。新潟県で生まれ育った筆者は、聞いたことねえだろうが。

なんだか私の性格まで（！）悪くなってきそうなので、このへんでやめておきますが、翻訳の際に、登場人物にどんなしゃべり方をさせるかで、翻訳者のレベルがわかってしまうなんて、恐ろしいことです。だから、斎藤さんの目に留まることが恐怖なのです。

斎藤さんの槍玉に上がるのは、チンピラ都知事ばかりではありません。川端康成相手だって容赦がないのです。日本文学を代表すると見られてきた『雪国』も、斎藤さんの手にかかっては、面目まるつぶれ。雪国の山育ちのはずの葉子の言葉づかいを、「麴町《こうじまち》あたりの若奥さんか何かのようだ」と、一刀両断に切り捨てます。

「『雪国』の世界では土地の人たち全員が流暢《りゆうちよう》な東京言葉を話すのである」「小説の語り手の耳には駒子らの言葉が届いていなかった」「島村には（川端にも）駒子も葉子も雪国と同じ景色にすぎず、言葉もただのノイズにすぎなかった……」

ノーベル文学賞作家・川端康成をもバッサリ切れるのは、斎藤さんが、「雪国」の出身であることも一因なのでしょうか。

本書には、『新潟日報』に掲載されたエッセイも多く収められています。新潟県人ならではの視点のひとつが、「桜の咲かない入学式」の項目です。

小学校一年生の国語の教科書に、入学式の絵があり、校門脇に「満開の桜」が描かれていたのを見て、「変だなあ」と感じていたというのです。もちろん、新潟で桜が満開になるのは、入学式よりずっと後だからです。

一方、斎藤さんの関西出身の友人にとって、桜は入学式の時にはすでに散っているべき花でした。

「入学式には桜の花」というのは、教科書の編纂者が、「東京の学校の入学式」だと意識せず、「日本の」学校の入学式だと信じていたのではないか、という指摘です。

本当にそうだったのですよ。私がＮＨＫの記者として文部省（現在の文部科学省）を担当していた時のこと。日本の学校は四月入学だが、九月入学も認めていいのではないかというのが有識者会議（正確には臨時教育審議会でしたが）で議論になった時、ある「有識者」が、四月入学の死守を主張して、「入学式は、やっぱり満開の桜の下で行われないと」と発言したのですから。

さすがに他の出席者から、「入学式に桜というのは東京の人の発想ですよ」という突っ込みが入りましたが、こういう「有識者」によって日本の教育改革が語られてきたのです。

斎藤さんが、新潟で生まれ育ったからこそ身についた視点なのでしょう。

主流派の、傲慢な、マッチョな男どもの、どうしようもない俗物ぶりを完膚無きまでに批判する斎藤さんの筆致には、非主流派の、少数派の、弱い者の立場に立つ姿勢がうかがえます。

そもそも本好きなんて少数派の変わり者。そう喝破したのは斎藤さんでした。かつて私は、『趣味は読書。』発売記念の書店のイベントで講演した斎藤さんの話をこっそり聞きに行ったことがあります。そこでの斎藤さんの表現が、これでした。

「こんな講演会に来ているのは、変わり者の少数派なのだという自覚が必要」という話でした。そんな変わり者のために文芸時評を執筆したり、世の中をおちょくるエッセイを書いたりするなんて、読者に輪をかけた、相当の変わり者であることは確かでしょう。しかし、世の中には、少数派が存在してこそ、「世の中の空気」に流される危険を防ぐことができるはずです。

世間の常識、報道の仕方に違和感を抱いた時、誰かが不当な扱いを受けている時、あれよあれよと物事が決まっていく時、「それってどうなの」と言ってみること。これこそが民主主義なのです。

などと言おうものなら、「そんな大げさな言い方は、おやめになった方がよろしくてよ」と斎藤さんに突っ込まれそうな気がするので、このあたりにしておきましょう。

これ以上、斎藤さんのエッセイを読みふけると、私の性格が一段と悪くなってしまいそうなので。

でもね、斎藤さんみたいな変わり者がいるからこそ、そして、その本を読む変わり者がいるからこそ、日本は捨てたもんじゃないと、わしは思うんじゃよ。

どうか、わしのような者が書く稚拙な書には目もくれず（つまり批判せず）、声高に呼ばわる者たちを、今後もバッサリ斬ってほしいのじゃがな。

（ジャーナリスト）

単行本　二〇〇七年一月　白水社刊

文春文庫

それってどうなの主義《しゆぎ》

定価はカバーに
表示してあります

2010年8月10日　第1刷

著　者　斎藤《さいとう》美《み》奈《な》子《こ》

発行者　村上和宏

発行所　株式会社　文藝春秋

東京都千代田区紀尾井町 3-23　〒102-8008
TEL　03・3265・1211
文藝春秋ホームページ　http://www.bunshun.co.jp

落丁、乱丁本は、お手数ですが小社製作部宛お送り下さい。送料小社負担でお取替致します。

印刷・大日本印刷　製本・加藤製本

Printed in Japan
ISBN978-4-16-777395-3

文春文庫　最新刊

新・御宿かわせみ　平岩弓枝

ひかりの剣　海堂　尊

黒い悪魔　佐藤賢一

喬四郎　孤剣ノ望郷　おんなの仇討ち　八木忠純

エレクトラ　中上健次の生涯　髙山文彦

東京駅物語　北原亞以子

天皇の世紀(8)　大佛次郎

快楽革命　オデパン　藤本ひとみ

無用庵隠居修行　海老沢泰久

乱紋　上下〈新装版〉　永井路子

七週間の闇　愛川　晶

ちょっと変わった守護天使　山崎マキコ

侍の翼　好村兼一

金融無極化時代を乗り切れ!　丹羽宇一郎

東京江戸歩き　山本一力　写真・金澤篤宏

完本・桑田真澄　スポーツ・グラフィック ナンバー編

完本・清原和博　スポーツ・グラフィック ナンバー編

遺伝子が解く!　その愛は、損か、得か　竹内久美子

嵐山吉兆　秋の食卓　徳岡邦夫　写真・山口規子

発明マニア　米原万里

洛中の露　金森宗和覚え書　東郷　隆

それってどうなの主義　斎藤美奈子

音もなく少女は　ボストン・テラン　田口俊樹訳